이타와파, 세상의 끝

소설 속 여행을 실제처럼 풍성하게 묘사할 수 있게 도와준 마티스한테 감사합니다.
꼼꼼하고 깐깐하게 읽어 주었던 주느비에브한테도 감사합니다.
무엇보다 부라쿠 원주민에게 감사합니다.
그들은 알지 못하겠지만, 이 이야기는 그들에게서 영감을 얻었습니다.

Original Title : Itawapa

Text by Xavier-Laurent Petit

© 2013 l'école des loisirs, Paris

Korean translation copyright © 2015, BalgeunMirae

This Korean edition is published by arragement with l'école des loisirs through Bookmaru Korea Literary Agency.

All rights reserved.

이타와파, 세상의 끝

자비에 로랑 쁘띠 지음

이희정 옮김

밝은미래

I

나무 포식자들

1974년 4월

1

>>> ... <<<

우뚝우뚝 솟은 나무들의 꼭대기는 구름에 가려 보이지 않았다. 자욱이 모인 벌레들이 윙윙 소리를 냈고, 재커마르 새(중남미산 딱따구리목 재커마르과 새의 총칭. 부리가 길고, 등은 보통 녹색의 광택이 난다.-옮긴이 주)들의 날카롭게 지저귀는 소리가 울려 퍼졌다. 더위에 잠긴 숲에선 딱딱거리거나 뭔가 스치는 소리들이 끊임없이 들려왔다. 숲 속 깊은 곳, 거의 보이지 않는 빈터에 말로카(여러 가족들이 모여 사는 공동 가옥.-옮긴이 주) 두 채가 있었다. 어둠 속에 원주민 여자 하나가 해먹에 앉아서 아기한테 젖을 물리고 있었다. 아기는 눈을 반쯤 감고 기분 좋게 옹알거리며 젖을 빨았다.

원주민 남자는 나뭇가지 사이로 좁다랗게 보이는 하늘에서 눈을 떼지 않았다. 마치 누군가 햇빛을 꺼버린 것처럼 순식간에 하늘이 짙은 어둠에 싸였다. 남자는 타미알 나뭇잎 몇 장을 돌돌 말아서 불을 붙였고, 짚으로 만든 지붕 아래로 연기가 퍼져 나갔다.

알라와타 원숭이의 날카로운 울음소리가 위험을 알리는 듯 했다. 그 소리가 울리자 원숭이들, 새들, 벌레들이 일제히 조용해졌다. 바람 한 점 불지 않아 나뭇잎들마저 돌처럼 굳어 버린 것 같았다. 남자는 담배를 두 손가락으로 붙잡은 채 무엇인가를 기다리고 있는 것처럼 보였고, 숲 전체가 그와 함께 기다리는 것 같았다. 무겁게 내려앉은 침묵을 흔드는 건 조그맣게 칭얼대는 아기 소리뿐이었다.

갑자기 불어온 거센 바람에 나뭇가지들이 들썩였고 미지근한 빗방울이 먼지 속으로 후드득 떨어졌다. 구름을 가르는 번개에 이어 하늘이 무너질 듯한 천둥소리가 들려왔다. 남자는 담배 연기를 몇 모금 내뿜었다. 주변을 다 쓸어버릴 기세로 요란하게 들이치는 비바람과 천둥 번개를 우기에는 매일 볼 수 있었다. 비는 폭포처럼 쏟아졌고, 땅을 울리는 천둥소리에 엄마 품에 안긴 아기가 화들짝 놀랐다.

폭우가 갈수록 기세를 더해갔다. 개울 쪽으로 콸콸 내려가는 시뻘건 흙탕물에 두 발을 담근 채 남자는 담배를 끝까지 피웠다. 그는 꽁초에서 반쯤 타다 남은 담뱃잎을 꼼꼼하게 모아서 쌈지에 넣고 말로카 입구의 대들보에 등을 대고 기댔다. 주변 세상은 온통 물투성이로 변해 있었다.

남자는 기다려야 했다. 그것 말고는 달리 할 일이 없었다.

마지막으로 으르렁거리는 천둥소리가 울리더니 곧 햇빛이 나뭇가지 사이로 다시 비쳐 들었다. 폭우는 들이닥쳤을 때처럼 갑작스럽게 멈췄다.

뜨거운 열기에 땅이 김을 뿜어 대기 시작했고 숲은 평소처럼 갖가지 소리를 냈다. 새들이 지저귀는 소리, 개구리들이 개굴거리는 소리, 조그만 원숭이들이 앞서거니 뒤서거니 서로 쫓아다니며 깩깩 울어 대는 소리.

그때 원주민들은 처음으로 그 소리를 들었다.

그 소리는 해가 뜨는 쪽에서 들려왔다. 나무들에 가로막혀 희미하게 들리긴 했지만 분명 윙윙거리는 소리였다.

겨우 열두 명밖에 남지 않은 원주민 여자들, 노인들, 사냥꾼들, 아이들 모두가 서로를 바라보았다. 눈이 휘둥그레진 조그만 여자아이까지 한 사람도 빠짐없이 그 소리를 들었다. 이곳에선 모두 아주 어릴 적부터 숲의 소리를 알아듣는 법을 배웠다. 풀 소리, 나뭇가지 부러지는 소리, 스치는 소리. 조그맣게 바스락거리는 소리도 의미가 있었다. 독, 발톱, 송곳니로 무장한 위험한 동물이 곳곳에 숨어 있는 숲에선 너무 늦기 전에 뭔지 알아야만 했다. 소리를 잘 듣는 건 목숨이 달린 일이었다.

하지만 숲에 퍼져나가는 윙윙거리는 그 소리는 지금껏 누구도 들어 보지 못했다. 경험 많은 노인들도 그 소리를 들은 적이 없었다. 숲은 한 번도 그런 식으로 말을 걸어오지 않았다.

눈빛들이 오가고 나지막한 목소리로 단어 하나를 수군거렸다.

칼라와.

그 소리는 칼라와들의 소리 같았다.

칼라와는 숲 바깥에서 사는 사람들이었다. 대부분 이상할 정도로 낯빛이 하얗지만 검은 사람들도 있었고, 하얗지도 검지도 않은 사람들도 있었다. 칼라와들에 관한 많은 소문들이 오갔다. 그들은 사람의 살갗 위에 천으로 된 살갗이 한 겹 더 덮여 있었고, 동물처럼 얼굴에 털이 북슬북슬 난 이들도 있었다. 칼라와들이 어디서 왔는지는 아무도 몰랐지만 숲에 사는 사람이 아니라는 사실만은 확실했다. 소문에는 그들은 금, 다이아몬드, 오팔을 찾으러 왔고, 나무를 잔뜩 베서 어딘지 알 수 없는 곳으로 실어 간다고 했다. 이곳 원주민들은 칼라와를 먼발치에서라도 한 번 본 적이 없었고, 오로지 소문으로만 들었다.

다른 소문도 있었다.

칼라와들은 화를 잘 내고 어디로 튈지 모르며, 뭐든 닥치는 대로 파괴한다고 했다. 쇠로 만든 무기로 아무나 죽이기 때문에 그들을 만나면 무조건 피하는 게 상책이라는 얘기도 있었다. 하지만 숲을 침범해오는 이 윙윙대는 소리를 어떻게 피할 것인가?

남자는 사냥 도구인 활과 화살을 챙겼다. 마을의 다른 사냥꾼들도 그를 따라 무기를 챙겨 들고 좁다란 오솔길로 걸어갔다. 사냥꾼들은 아무 말 없이 미끄러지듯 풀밭 속으로 사라졌고 숲 속 깊숙이 들어갔다. 한 발자국 내디딜 때마다 소리는 더욱 커지고, 이상해지고, 무서워졌다. 해가 중천에 떴을 때 사냥꾼들은 발길을 멈췄다. 소리는 바로 가까이에서 들렸다. 남자가 커튼처럼 드리운 잎사귀를 살그머니 젖혔다.

그러자 눈앞에 상상도 못했던 광경이 펼쳐졌다.

2

≫≫ ⋯ ≪≪

쇳덩어리 괴물이 세상을 끝내기라도 할 것처럼 숲을 집어삼키고 있었다. 검은 연기를 토해 내는 괴물의 무게에 땅이 흔들렸다. 강렬하게 빛나는 노란 두 눈으로 초록빛 나무 덤불 속을 샅샅이 탐색했다. 모든 것을 뭉개며 앞으로 나아갔고, 맹수처럼 으르렁거리며 풀이건 어린나무건 할 것 없이 모조리 으깨 버렸다. 괴물 앞에서는 아무 것도 배겨 나질 못하는 것 같았다.

남자는 무성하게 뒤얽힌 가시덤불 뒤에 웅크리고 앉아 꼼짝도 하지 않았다. 겁이 나서 뱃속이 꼬이는 것 같았다. 몇 걸음 떨어진 곳에서 동료들의 숨소리가 들렸고, 그들도 두려워하는 것이 느껴졌다. 새들과 원숭이들은 일찌감치 줄행랑을 쳤고, 괴물을 부리는 칼라와 말고는 사냥꾼들만이 유일하게 도망가지 않고 버티고 있었다. 쇳덩어리 괴물은 사냥꾼들도 벌레처럼 짓이길 기세였다.

괴물은 끔찍한 굉음을 내며 앞으로 계속 나아갔다. 그 옆에 칼라와들의 그림자가 희미하게 어른거렸다. 칼라와 몇은 어깨에 무기를 메고 있었고, 몇은 손에 묵직한 기계로 나무를 베고 있었다. 기계는 요란한 소리를 내며 날카로운 이빨로 가장 단단한 나무들도 잔가지처럼 수월하게 베어 버렸다.

괴물이 별안간 멈췄다. 칼라와 중 한 사람이 고함을 지르자 뱀처럼 생긴 괴물의 팔이 자토바(열대 다우림의 일종. - 옮긴이 주) 나무줄기로 뻗어 갔다. 괴물의 팔 끝에는 거대한 칼날이 돌아가고 있었다. 남자는 숨을 죽이고 그 모습을 지켜보았다. 귀가 먹먹해질 정도로 요란한 소리를 내며 칼날이 나무를 베기 시작했다. 톱밥 부스러기가 사방에 날아다녔고 나무줄기가 마구 떨렸다. 그러다 나무는 갑자기 풀썩 쓰러졌고, 그 바람에 가까이에 있던 나무들도 같이 쓰러졌다.

남자는 활을 꽉 쥐고 온몸을 떨었다. 저렇게 커다란 나무를 순식간에 베어 버리는 게 어떻게 가능하지? 쇳덩어리 괴물을 부리는 칼라와들은 누굴까?

남자는 나지막한 목소리로 중얼거렸다.

"웨웨무탁!"

나무 포식자들.

쇳덩어리 괴물이 천천히 뒤로 물러서자 칼라와들이 달려들어 굵다란 나뭇가지들을 잘라 냈다. 그렇게 괴물은 나무 하나를 쓰러뜨리면 곧 새로운 나무로 향했다.

해가 넘어가고 밤이 될 때까지 나무 포식자들은 자토바, 흑단나무, 마카카베 등 수많은 나무들을 베어 냈다. 사냥꾼들은 놀란 눈으로 기괴한 나무 학살 장면을 그저 보고만 있었다. 칼라와들은 사냥꾼들의 낌새를 전혀 눈치채지 못한 것 같았다. 가지가 다 잘린 커다란 나무들은 진창 속에서 헐벗은 채 떨고 있었다. 그중에는 아주 오래 전부터 숲에 뿌리를 박고 있던 조상 나무, 웨웹테도 있었다. 웨웹테에는 숲의 정령들이 살고 있어서 함부로 손을 댔다가 정신이 나갈 수도 있는데, 나무 포식자들은 개의치 않았다.

마을로 돌아왔지만 사냥꾼들의 귀에는 여전히 윙윙대는 소리가 들렸다. 마을 여자들은 행여 칼라와들의 눈에 띌까 봐 불도 피우지 않았다. 사냥꾼들이 빈손이어서 마을 사람 모두 차가운 재로 변한 장작 주위에 쪼그리고 앉아 여자들이 따온 열매와 아이들이 잡은 도마뱀과 애벌레 따위로 허기를 재웠다. 남자들은 마니오크 술을 마시며 걱정 어린 목소리로 수군거리며 오랫동안 이야기했다. 노인들은 이파두 나뭇잎을 씹곤 했다.

칼라와들은 왜 그렇게 많은 나무들을 넘어뜨릴까? 숲의 정령들의 화를 돋우는 이유가 뭘까? 아무도 이 질문에 대답할 수 없었다.

마을에서 가장 나이가 많은 이오샤 노인이 입을 열었다.

"조상 나무님들은 세상이 처음 시작된 때를 알고 있어. 그분들은 우리보다 훨씬 전부터 이 땅에 계셨지."

조상 나무들이 넘어졌다는 건 세상의 끝을 예고하는 건 아닐까?

노인의 목소리가 떨렸다. 아주 가까이에서 올빼미 울음소리가 들렸다. 가장 경험 많은 노인조차 답을 찾을 수 없었다.

3

>>> ... <<<

다음 날부터 아침마다 사냥꾼들은 숲을 오갔다. 그들은 벌목장 근처에 몰래 다가가 칡넝쿨과 나뭇가지 사이에 숨어서 칼라와들의 행동을 낱낱이 염탐했다. 둘째 날부터 다른 괴물들이 더 도착했고, 마구잡이로 숲을 베어 갔다. 굵은 줄기도 잔가지치기를 하는 것처럼 쉽게 잘랐고 자른 나무들은 어디론가 실어 갔다.

부르릉대는 기계 소리가 숲을 때리는 폭풍우에 섞여서 들려왔다. 폭우가 쏟아져도 기계들은 멈추지 않았다. 칼라와들은 무릎까지 잠기는 진창 속에서 괴물 사이를 이리저리 분주히 옮겨 다녔다. 소용돌이치는 물 아래로 잠긴 괴물 몸에선 연기가 피어올랐고, 수직으로 내리꽂히는 빗줄기 사이로 괴물들은 노란 눈을 번득였다. 쌓여가는 나무들은 마치 동물들의 시체 같았다. 나무가 사라진 숲 속 공터는 매일 조금씩 마을 쪽으로 넓어져 왔다. 칼라와들은 마치 숲의 주인이라도 된 것처럼 행세했다. 세상에 자신들만 있다고 생각하는 것 같았다. 그들 중 한 명만이라도 숲 속으로 몇 걸음만 더 들어가서 사냥꾼들이 다니는 오솔길을 지나고 카사바(브라질 원산의 다

년생 작물로, 아메리카 원주민의 주식 가운데 하나였던 전분 원료 작물. – 옮긴이 주) 부스러기를 봤으면 생각이 달라졌을 것이다. 남자는 칼라와를 아주 가까이에서 마주치면 어떻게 해야 하는지 생각해 보았다. 죽여야 할까? 아니면 잡아야 할까? 도무지 알 수 없었지만 그런 일은 일어나지 않았다. 칼라와는 결코 숲을 벗어나지 않았기 때문이다. 그들은 괴물 곁을 떠나는 걸 두려워하는 것 같았다.

4

>>> ··· <<<

괴물 소리가 들린 지 닷새가 지났다. 괴물 소리는 더욱 크게 들려왔다. 이런 추세라면 사나흘 후면 마을이 발각될 것 같았다.

그러면 무슨 일이 벌어질까?

사냥꾼들과 마을의 노인들은 행여 누가 들을세라 나지막한 목소리로 의논을 했고 한 가지 결론을 내렸다. 더는 기다릴 수 없다. 마을을 버리고 더 깊은 숲 속으로 들어가야 한다. 칼라와들과 괴물들이 닿지 못하는 곳으로.

5

〉〉〉⋯〈〈〈

일곱째 날.

해가 뜨고 잠시 후, 부르릉거리는 소리가 또다시 숲 속에 울려 퍼졌다. 여자들이 움막 안에서 해먹, 카사바를 으깨는 도구, 호리병 박 등 보잘 것 없지만 가지고 갈 살림들을 챙기는 동안 사냥꾼들은 무기를 모았다. 남자는 얼굴에 사냥을 나갈 때 그리는 빨간색과 검은색 무늬를 그렸다. 남자는 나무 포식자들을 좀 더 관찰하고 싶었다. 또한 칼라와들이 빈 마을을 발견했을 때 무슨 일을 벌일지도 보고 싶었다.

마을 사람들은 이른 새벽부터 길을 떠났다. 나뭇가지에 아직 안개가 걸려 있었다. 사냥꾼들이 맨 앞에 서고 여자와 아이들이 뒤따르고, 노인들이 가장 뒤쪽에 섰다. 남자는 멀어져 가는 마을 사람들을 물끄러미 지켜보았다. 남자의 아내는 자고 있는 젖먹이 딸을 골풀을 엮어 만든 바구니에 뉘여서 데려 가고 있었고, 이오샤 노인은 행렬의 맨 끝에서 앞사람 어깨에 한 손을 얹고 종종걸음을 놓았다. 사람들의 모습이 점점 멀어져갔다.

남자는 사람들이 더는 보이지 않을 때까지 기다리다가 숲 속 공터 쪽으로 발길을 옮겼다.

6

>>> ... <<<

괴물들이 만든 숲 속 공터 근처에 이렇게 가까이 가 본 적은 없었다. 겨우 백 걸음쯤 떨어진 곳에서 괴물이 숲을 집어삼키고 있었다. 남자는 괴물을 올라탄 칼라와를 오랫동안 지켜보았다. 그 칼라와의 얼굴은 털로 뒤덮여 있었고 살갗은 괴상한 천 껍데기로 감싸여 있었다.

나무 포식자들이 하늘에 닿을 듯 높이 가지를 뻗은 조상 나무를 공격하고 있었다. 괴물의 이빨이 나무껍질을 물어뜯자 톱밥이 사방으로 흩날렸다. 그래도 조상 나무는 버티고 있었다. 그 순간 남자는 모든 일이 예전대로 돌아가길, 늙은 조상 나무가 칼라와들 앞에서 꼿꼿이 버텨낼 만큼 강하길 빌었다. 그러나 나무는 열에 들뜬 사람처럼 떨기 시작하더니 천둥 같은 소리를 내며 우지끈 쓰러졌다. 나무 포식자들이 달려들어 나무를 잘게 써는 동안 괴물은 으르렁거리며 뒤로 물러났다.

털북숭이 칼라와가 괴물에서 내려 남자가 숨어 있는 숲 쪽으로 똑바로 걸어왔다. 남자는 그에게 눈을 떼지 않고 지켜보았다. 털북숭이는 바지 앞섶을 열어젖히고 오줌을 누기 시작했다. 털북숭이가 조금만 손을 뻗으면 흑요석으로 만든 남자의 화살촉을 만질 수 있을 거리였다. 바로 가까이에서 활을 든 남자가 자신을 위협하고 있었지만, 털북숭이는 전혀 모르는 눈치였다. 두 사람 사이에는 얇은 나뭇잎 장막이 있었다. 볼일을 마친 털북숭이는 담배에 불을 붙이고 잠시 나뭇잎 장막을 바라보았다. 숲 가장자리에 있는 초록빛 나뭇잎 장막은 벽처럼 거의 수직으로 드리워 있었다. 온갖 풀들과 나뭇가지, 이끼, 덩굴, 가시덤불이 곳곳에 나 있었다. 남자는 숨을 꾹 참았다. 털북숭이의 눈길이 남자 쪽으로 여러 번 향했다. 하지만 남자가 투명 인간이라도 되는 것처럼 털북숭이는 알아차리지 못하는 것 같았다. 어떻게 그럴 수가 있을까? 털북숭이는 괴물의 노란 눈이 있어야 세상을 볼 수 있는 걸까?

남자는 활을 내려놓았다. 털북숭이는 제자리로 돌아가서 대장처럼 보이는 덩치 큰 칼라와에게 몇 마디 말을 하는 것 같았다. 빨간색 천으로 몸을 감싼 덩치 큰 칼라와는 남자 쪽을 바라보며 고개를 끄덕였다.

털북숭이는 다시 괴물을 올라타고 괴물의 몸을 돌렸다. 괴물의 번쩍이는 노란 두 눈 때문에 남자는 눈이 부셨다. 남자를 찾아낸 괴물이 거침없이 다가왔고, 덩치 큰 칼라와가 그 옆에서 걸어오고 있었다. 땅이 금세라도 무너질 듯 쿵쿵 울렸다. 갑자기 남자는 숨이 막히도록 두려워졌다. 괴물이 자신을 나무처럼 으스러뜨릴 것만 같았다. 도망치기엔 이미 늦었다. 그래도 괴물의 눈을 부수어 앞을 못 보게는 할 수 있을 것 같았다.

남자는 활을 고쳐 잡았다. 화살이 둔탁한 소리를 내며 괴물 눈에 부딪쳤으나 미끄러져 칼라와 대장의 가슴에 꽂혔다. 깜짝 놀라 휘둥그레진 눈으로 덩치 큰 칼라와는 비명을 지를 틈도 없이 쓰러졌고, 괴물을 타고 있던 털북숭이는 고함을 지르며 펄쩍 뛰어내렸다. 덩치 큰 칼라와는 온몸을 떨고 있었다. 칼라와의 몸을 관통한 화살이 마치 나무 새싹처럼 가슴팍에 삐죽이 솟아나 있었다. 피가 진흙탕에 섞여 들었다. 쓰러진 칼라와는 마지막으로 힘을 쥐어짜 날카로운 소리를 지르고 경련을 일으키더니 더는 움직이지 않았다. 나무 포식자들이 그의 주위에 둘러섰다. 벌써 대부분 손에 무기를 쥐고 악을 쓰며 고함을 지르고 있었다.

털북숭이가 뭔가 소리를 지르며 숲 쪽을 가리켰다. 바스락거리는 나뭇가지 소리와 함께 남자는 달아나기 시작했다.

으르렁대는 괴물 소리보다 더 끔찍한 쇳소리가 울렸다. 총 소리였다. 찰칵거리는 소리들이 계속 이어졌다. 남자의 머리에서 불과 몇 센티미터 위에서 산산조각 난 나무껍질이 튀어 올랐다. 남자는 갑자기 어깨에 숯불이 파고든 것처럼 불타는 느낌이 들었다. 고통을 참으며 남자는 계속 뛰었고, 칼라와들은 끊임없이 고함을 지르며 남자를 쫓았다.

찰칵거리는 총 소리가 쉴 새 없이 들렸고, 남자 주위로 총알이 핑핑 소리를 내며 지나갔다. 칼라와의 무기는 위험했다. 어떻게든 도망쳐서 숨어야 했다. 남자는 고통에 지쳐 기진맥진한 몸을 이끌고 가시나무 사이를 필사적으로 빠져나갔다. 마치 사냥감이 된 것 같았다. 뒤따라오는 나무 포식자들의 발걸음이 느려졌지만 그래도 악착같이 남자를 추적하고 있었다. 남자는 짐승들이 다니는 길로 숨어 들어가서 이팔라이 나무뿌리 사이에 엎드렸다.

저 멀리서 나무 포식자들이 발걸음을 멈췄다. 사냥꾼들이 다니는 길을 찾아낸 터였다. 그 길만 따라가면 텅 빈 마을을 찾는 건 시간 문제였다. 남자는 자욱한 안개 속에 있는 것처럼 흐릿한 고함소리와 이어지는 쇳소리를 들었다.

그리고 아무 소리도 들리지 않았다. 새들과 원숭이들의 울음소리가 다시 들려왔다. 좋은 신호였다. 나무 포식자들이 멀어져 간다는 신호다.

7

>>> ··· <<<

남자의 가슴에 통증이 퍼져 나갔다. 어깨에 엄습한 통증은 손까지 내려가서 조금씩 그를 마비시켰다. 팔을 타고 피가 흘러내렸고 남자는 더는 꼼짝도 할 수 없었다. 그는 손가락 끝으로 상처를 더듬어 보았다. 살 속에 딱딱하고 조그만 것이 만져졌다. 구멍 속으로 손가락을 집어넣어서 빼내 보려 했지만 숨이 막힐 정도로 고통스러웠다. 세상이 빙빙 돌기 시작했고 남자는 구역질이 나는 걸 가까스로 참았다. 땀에 흠뻑 젖은 채 그는 나무줄기에 기대 앉아 눈을 감았다. 시원한 이끼 덕분에 기분이 좀 나아졌다.

거의 혼수상태에 빠져 있던 남자를 깨운 건 냄새였다. 매캐한 연기와 불 냄새가 났다. 상처 때문에 마비된 몸을 힘겹게 이끌고 남자는 마을로 향했다. 나무 포식자들이 마을에 불을 질러 집들이 하늘을 향해 불길을 올리며 활활 타고 있었다. 주위에 아무도 없는 걸 보니 그들은 되돌아간 것 같았다. 그러나 잠시 후 남자는 그날 아침 마을 사람들이 간 길을 그대로 따라가는 칼라와들의 발자국을 찾았다.

아이들, 노인들, 짐을 진 여자들이 대부분이라 마을 사람들은 느 릿느릿 가고 있을 테고 오솔길 곳곳에 흔적이 남아 있을 터였다. 나무 포식자들에게 따라잡히는 건 시간문제였다.

남자는 마을 사람들을 찾아서 위험을 알리려고 했다. 남자는 몇 걸음 가다가 멈추고 다시 걷기를 반복했다. 상처에서는 여전히 피 가 흘렀다. 해가 높이 떠 있었고 피 냄새에 꼬여든 파리 떼가 남자 주위에서 윙윙거렸다. 눈앞에서 세상이 물결치듯 일렁거렸지만 남 자는 계속 앞으로 나아갔다. 갈증과 열에 지쳐 목구멍이 바짝바짝 탔다. 마을 사람들이 가까이 있을 것 같았다. 칼라와들은 어디에 있 을까?

갑자기 쇳소리가 여러 번 울렸다. 공포에 질린 여자와 아이들의 비명 소리도 들려왔다. 어깨를 꿰뚫은 상처도 잊고 남자는 달리기 시작했다.

그는 자신만 아는 길을 구불구불 달려갔다. 팔이 나뭇가지에 부 딪칠 때마다 온몸에 극심한 통증을 느꼈지만 멈추지 않았다. 끊임 없이 들리는 쇳소리와 비명만이 중요했다.

쇳소리가 뜸해지더니 비명이 잦아들어 사방이 다시 조용해졌다. 남자는 걸음을 멈추었다. 눈앞이 흐리고 귀가 멍멍했다. 언제 소란 스러웠냐는 듯 이제 고요한 숲의 숨소리만 들렸다.

남자는 계속 나아갔다. 그러다 문득 바로 몇 발자국 앞에 나무 포식자들이 모여 있는 걸 보았다. 그들은 넋이 나간 얼굴로 무기를 손에 쥔 채 풀밭에 쓰러져 있는 피에 젖은 시신들을 바라보고 있었다.

사냥꾼, 여자, 아이, 노인들 모두 죽었다. 자욱이 몰려든 파리 떼가 뜨거운 열기 속에 엉겨 붙어 시커메진 피 웅덩이 위를 빙빙 돌며 날아다녔다. 남자는 두 눈을 질끈 감았다. 이 모든 일이 진짜일 리 없었다. 악몽에서 벗어나고 싶었다.

하지만 다시 눈을 떴을 때 시신들은 여전히 그 자리에 있었다.

이오샤 노인이 옳았다. 세상이 끝난 것이다.

남자는 죽은 사람들 사이에서 아내를 알아보았다. 몸은 피투성이가 되어 있었고 얼굴에는 아직 놀란 표정이 가시지 않았다. 옆에 놓인 아기 바구니는 비어 있었다. 딸은 어디에 갔을까? 그들이 아기에게 무슨 짓을 한 걸까?

나무 포식자들은 서로 눈을 피했다. 칼라와들은 얼굴에 흐르는 땀을 훔쳤고, 등에처럼 쏘아대는 파리 떼를 신경질적으로 쫓았다.

칼라와 중 하나가 담배에 불을 붙이며 말했다.

"맙소사, 끔찍하군! 하지만 그냥 둘 순 없었잖아. 그렇지? 이 거지 같은 것들이 조앙을 죽였어. 그러니까 우린 당연히 해야 할 일을 한 거라고!"

한 칼라와의 목소리가 마치 울기라도 하는 것처럼 꺽꺽대며 갈라졌다. 다른 칼라와들은 아무런 대답도 하지 않았다.

그때 갑자기 조그맣게 신음하는 아기 소리가 들렸고, 칼라와들은 일순간에 얼어붙었다. 풀밭 어디선가 아기가 울고 있었다.

털북숭이가 다가가서 무기를 놓고 쪼그려 앉았다. 다시 일어섰을 때 털북숭이의 팔에 아기가 안겨 있었다. 여자아이였다.

남자는 일어서려 했지만 심한 통증에 주저앉고 말았다. 붉은 안개가 눈앞을 가렸고 모든 것이 사라져 갔다.

II

인디아
2010년 3월

8

아순사우 버스는 터미널까지만 갔다. 레오포우지나를 지나면 도로는 딱 끊겼고, 그 이상 서쪽으로 가면 수천 킬로미터에 걸쳐 숲과 폐허가 된 비포장도로, 달나라에 있는 것처럼 외딴 마을 몇 개밖에 없었다.

마지막까지 남은 승객들은 보통 이사나에서 내렸다. 그 다음부터는 차 안에 마틸드와 나 말고는 아무도 없었다. 우리는 기숙학교에서 가장 먼 곳에 살았다.

회색 치마, 목까지 단추를 채운 블라우스, 버클이 달린 구두. 산타 마리아 도스 리우스 기숙학교의 교복을 입은 우리는 반쯤은 수녀 같아 보였다. 레오포우지나에 이런 차림으로 도착할 수는 없는 노릇이었다.

우리는 사람이 없는 틈을 타 좌석 뒤에 몰래 숨어 옷을 갈아입었다. 운전사가 백미러로 우리를 훔쳐보려고 몸을 뒤틀었지만 너무 뚱뚱해서 뜻대로 되지 않았다. 마틸드와 나는 사복으로 갈아입고 운전사의 코앞에 불쑥 나타나 웃음을 터뜨렸다.

기숙사 = 감옥

학교 담벼락에 가장 많이 적힌 낙서였다. 수녀들은 며칠에 한 번씩 우리를 시켜 락스로 낙서를 지우도록 했다. 하지만 아무리 지워도 복도의 회벽은 금세 새로운 낙서로 뒤덮였다. 아침 6시에 일어나서 밤 9시에 잠자리에 들어야 했고, 외출과 인터넷 사용, 식사 중에 이야기하는 것은 금지였으며, 하루에 두 번 기도를 해야 했고, 매주 수요일에 고해성사를 하고 목요일에는 의무적으로 미사에 참석해야 했다. 산타 마리아 기숙학교에 다니는 건 마치 19세기를 사는 것 같았다.

2년 전 엄마가 나를 기숙학교에 보내기로 결정했을 때, 나는 온갖 방법을 다 동원해서 저항했다. 울고, 따지고, 성질도 부려봤지만 소용없었다. 엄마는 단호했다. 엄마에게 종교는 상관없었다. 엄마가 바란 건 오로지 '좋은 학교'와 멀리 연구 여행을 떠날 때 '노인네'보다 '조금 더 믿음직한' 누군가에게 나를 맡기는 것이었다. '노인네'는 외할아버지다. 엄마와 나를 포함해 모두가 외할아버지를 그렇게 불렀다.

"책임감이라곤 눈곱만큼도 없는 사람이잖아. 탈리아, 너도 잘 알지. 도무지 믿을 수가 없는 분이셔. 너만 혼자 노인네랑 같이 지내게 할 순 없어."

그런 엄마에게 딱히 할 말은 없었다.

할아버지가 무척 독특한 건 사실이다. 이곳 사람들은 우리 할아버지를 '약간 제정신이 아닌 사람'이란 뜻의 '움 푸코 루코'라고 불렀다. 게다가 술고래여서 어마어마한 양의 카샤사(사탕수수로 만든 브라질의 대표적인 술.-옮긴이 주)를 얼굴색 하나 변하지 않고 마셔댔다. 그렇지만 마음씨가 나쁘지는 않았고, 그저 어디로 튈지 모르는 '약간 이상한' 사람일 뿐이었다.

엄마와 실랑이를 벌이다 겨우 내가 얻어낸 것이 주말이었다. 나는 엄마가 없어도, 그런 날이 대부분이었지만, 매주 주말마다 레오포우지나에 돌아가도 된다는 약속을 받아냈다.

버스 문이 날카로운 소리를 내며 열렸고, 운전사가 소리쳤다.

"월요일에 보자, 얘들아!"

마틸드가 대답했다.

"네, 월요일에 뵐게요!"

나는 마틸드에게 손 인사를 하고 반대쪽, 카스타뉴 강 쪽으로 돌아섰다.

9

카스타뉴 강의 둑길은 밤낮없이 사람들로 붐볐다. 배들이 고동을 길게 울리며 부두를 바삐 오갔다. 부두에 도착한 배들은 싣고 온 짐들을 부려 놓고 새로운 짐들을 싣고 다시 떠났다. 선착장에서는 꼬마들이 물에 뛰어들며 놀았고, 생선 장수들이 고래고래 소리를 질렀다. 건너편 강둑은 마치 다른 대륙인 양 멀어 보였다. 나는 강물에 절대로 발을 들여 놓지 않았다. 이 강들은 너무도 넓어서 유럽인들이 처음으로 이곳에 배를 댔을 때 민물로 이루어진 바다를 발견한 줄 알았다고 한다.

나는 강가에 앉아서 사람들이 북적거리는 광경을 하염없이 바라만 보았다. 엄마에게서 아무런 소식을 듣지 못한 지 벌써 여러 주가 지났다. 카스타뉴 강의 흙탕물이 엄마 소식을 전해 주길 바라며 나는 강가에 계속 왔다.

마냥 틀린 생각만은 아니었다. 나는 내 방 벽에 압정으로 꽂아 놓은 지도에서 카스타뉴 강이 바이슈 강과 만나는 곳을 손으로 죽이을 수 있었다. 그 다음 서쪽으로 쭉 올라가서 하천과 지류들이 얽힌 뒤얽힌 미로를 지나면 엄마가 있는 곳까지 다다랐다.

이타와파.

세상 끝의 끝.

지도 위에서는 손가락으로 선만 따라가면 되기 때문에 길이 단순해 보였다. 하지만 현실에서는 물이 불어난 강, 늪지, 급류, 여울, 홍수 등을 헤쳐 나가야 했기 때문에 누구도 엄두를 못 낼 길이다.

강물 위로 두 다리를 살랑살랑 흔들며 앉아서 공상에 잠겨 있는데 누가 내 팔을 건드렸다. 보나마나 페케누였다. 아무도 그 아이의 이름을 몰랐고 다들 그저 '꼬마'라는 뜻의 '페케누'라고 불렀다. 겨우 대여섯 살밖에 안 돼 보이는 페케누는 지난 우기에 꼬질꼬질 때 낀 반바지와 누더기 셔츠를 입고 레오포우지나에 불쑥 나타났다. 페케누에 대해 아는 것이라곤 원주민이고 결코 웃는 법이 없다는 것뿐이다.

생물을 가르치는 로자리아 수녀가 언젠가 우리에게 웃으려면 적어도 서른 개의 근육이 움직여야 한다는 이야기를 했다. 페케누는 단 하나의 근육도 움직이지 않았다. 근육 움직이는 걸 배운 적이 없는 모양이다. 페케누는 말 한 마디 없이 노인처럼 근엄하게 사람들을 바라보았고, 사려 놓은 밧줄 더미 사이에서 새끼 동물처럼 몸을 동그랗게 웅크리고 잤다. 끼니는 인심 좋은 뱃사람들이 큼직하게 잘라주는 빵 덩어리와 부둣가의 생선 장수들이 구워 주는 생선 조각으로 때웠다. 다른 꼬마들이 페케누 앞을 가로막을 때도 있었다. 그럴 때면 페케누는 검은 눈으로 무척 성가시다는 듯이 꼬마들을 쏘아보았다.

이유는 모르겠지만 페케누는 조금씩 나에게 마음을 열었고, 부둣가에서 나를 보면 곧바로 내 옆으로 왔다. 어딘지 이상하고 유령 같은 아이였지만 동생처럼 살가웠다. 입을 꾹 다문 페케누를 볼 때마다 나는 그 침묵 뒤에 어마어마한 비밀이 숨겨져 있을 거란 생각을 했다. 내가 모르는 수많은 일들을 그 아이는 아는 것 같았다.

새끼 고양이처럼 조용하고, 교황처럼 근엄하고, 깃털처럼 가벼운 아이 페케누는 내 어깨에 머리를 기댔고, 우리는 둘이서 북적거리는 부둣가 풍경을 하염없이 바라보았다.

꼬마의 조그만 머릿속에는 무슨 생각이 들어있을까? 내 머릿속에는 엄마 생각밖에 없었다. 그리고 엄마에게서 마지막 소식을 받고 흘러간 날들을 생각했다. 엄마가 마지막으로 메일을 보낸 날이 1월 19일이었는데 지금은 3월 18일이었다. 이타와파에 비가 끝없이 쏟아져서 발전기가 잘 돌아가지 않는다는 메일이 왔었다.

엄마는 잘 지내. 하루에 전기를 몇 분밖에는 쓸 수 없어서 한동안 소식을 전할 수 없을 거야. 하지만 탈리아, 걱정하지 마. 다 괜찮아. 걱정할 것 하나 없어. 다 잘 될 거야.

'한동안'이 한없이 계속 되고 있었다. '다 괜찮아'라고 한 지가 한 달 반이 지나가고 있었다. 정확히는 48일이다. 메일 한 통 받지 못한 채 48일이 지나갔다. 이런 적은 처음이다. 생각조차 해 보지 못한 일이었다. 불안감으로 똘똘 뭉친 조그만 덩어리가 뱃속 깊은 곳에 여러 주 동안 도사리고 있다가 팔딱팔딱 뛰기 시작하는 기분이 들었다. 어마어마한 걸 바라는 것도 아니었다. 그냥 "엄마는 잘 지내." 딱 한 마디면 이 불안감이 진정될 것 같았다.

카스타뉴 강물이 조금씩 어두운 검은색으로 변했고, 칠성장어 잡이 배들이 집어등을 켜고 갯벌 쪽으로 멀어져 갔다. 그 광경을 보고 있으니 어쩌면 엄마가 내게 메일을 쓰고 있을 것만 같았다. 엄마 메일이 금세라도 도착할 것 같았다. 다급한 마음에 나는 벌떡 일어섰다. 머릿속에는 빨리 집으로 가서 내 구닥다리 컴퓨터를 켜야겠다는 생각밖에 없었다.

나는 페케누에게 눈길 한 번 주지 않고 쏜살같이 달려갔다.

10

>>> ··· <<<

타푸루쿠아라 거리에서 강까지는 가파른 내리막길이어서 비가
조금만 와도 급류처럼 세차게 내려갔다. 할아버지는 그 길의 맨 꼭
대기 한 모퉁이에 살았다.

> 예수스 길렘 자브로스키
> 미래를 보는 사람
> 행복과 제물

간판의 페인트가 벗겨지고 나무가 뒤틀려도 틀린 맞춤법은 언제
나 그대로였다. 레오포우지나에 일 년 내내 하늘을 갈라놓을 듯 비
가 내리고 천둥이 쳐도 간판은 꿋꿋이 매달려 있었다.

할아버지가 제일 잘하는 건 미래를 보는 일이다. 탄생과 죽음,
갑작스럽게 닥치는 행운과 불운, 운명의 장난……. 할아버지의 예
지력은 한 번도 빗나간 적이 없었다. 동네 사람 모두 할아버지의

누추한 집을 잘 알고 있었고, 아침마다 수십 명이 돈을 내고 자신들의 앞날을 알아보려고 할아버지네 문 앞에 진을 쳤다. 남자건 여자건, 부자건 가난하건, 사랑에 빠졌건 절망에 허우적대건, 다들 할아버지가 미래를 훤하게 읽어내는 능력이 있다고 입을 모았다.

하지만 겉보기만 그랬다. 나는 오래 전부터 할아버지가 아무 것도 미리 알지 못한다는 걸 알고 있었다. 할아버지는 그저 평범한 사람이었고, 코앞도 잘 못 보신다.

할아버지가 약속하는 '행복과 재물'은 코웃음이 날 정도로 별 것 아니었다. 할아버지의 손님들은 대부분 제 나이보다 10년은 더 들어 보였고, 삶에 찌들었으며 재산이라고 해 봐야 주머니에 든 돈이 다였다. 하지만 모두 자신들이 좋은 팔자를 타고났다고 믿었고, 언젠가는 빛을 볼 것이라고, 복권에 당첨돼 큰돈을 벌 거라고, 운명의 사랑을 만나거나, 지금까지 모르고 살았던 부자 삼촌을 만나 어마어마한 재산을 상속 받을 거라고 믿었다.

그래서 그들은 돌팔이 점쟁이인 우리 할아버지에게 계속 점을 보러 왔고, 다 깨진 보도 위에서 여러 시간을 끈질기게 기다렸다. 할아버지도 그들의 심정을 알았기 때문에 조그만 희망의 불씨라도 보여 주려고 했다. 부드러운 목소리와 수염, 믿음직한 풍채 덕분에 할아버지의 '점집'은 손님이 늘 북적였다.

어쨌거나 공짜로 점을 봐 주진 않았고 가격표가 벽에 붙어 있었다. 50센타보스를 받으면 할아버지는 커피 찌꺼기 모양을 읽어서 점을 봐 주었다. 낡은 타로 카드를 늘어놓고 타로 점을 봐 주는 데는 1레알을 받았고, 10레알을 받으면 거창한 도구를 꺼냈다.

우선 촛불에 가느다란 납 꼬챙이를 녹이기 시작했다. 그러면 꼬챙이는 쉭쉭하는 소리를 내며 녹았고 할아버지는 미리 받쳐놓은 물 대접에 녹은 납을 방울방울 떨어뜨렸다. 납 방울은 물에 닿아서 작고 뒤틀린 모양으로 굳었고, 할아버지는 그 모양들을 하나하나 물에서 건져내 탁자 위에 늘어놓았다. 그런 다음 카샤사 술을 한 잔 가득 따라서 홀짝홀짝 마시며 손님의 미래를 예언해 주었다. 할아버지가 그 조그만 납덩어리들이 무엇을 뜻하는지 신문을 읽는 것처럼 명쾌하게 설명해 주면 손님들은 자지러질 듯이 좋아했다.

그 시간 동안 방 한구석에선 텔레비전이 계속 무음으로 켜져 있었다. 할아버지의 예언은 텔레비전 안에서 소리 없이 몸을 흔들며 춤추는 여자들과 코카콜라 광고와 함께 했다.

레오포우지나의 시장과 구의원도 단골손님이었다. 카르도소 상원의원은 선거 전날 몰래 찾아왔다. 누가 그 일에 대해 더 캐물으려고 하면, 할아버지는 입에 손가락을 대고 슬며시 웃으며 '영업 비밀'이라고만 했다.

길 꼭대기에 다다랐을 때 여전히 손님 서너 명이 할아버지 집 문 앞에서 기다리고 있었다. 할아버지가 온종일 들이킨 카샤사 술 때문에 얼근하게 취하기 시작할 시간이었다. 할아버지는 말을 더듬고 횡설수설했지만 점괘는 더 정확할 거라고 장담했다.

의자까지 가져올 만큼 준비성이 철저한 사람들도 있었다. 목요일마다 오는 디아스 아저씨가 그랬다. 몇 년 전에 아저씨 아내가 카스타뉴 강을 오가는 뱃사람과 함께 도망을 갔는데, 아저씨는 매주 와서 아내가 언제 올지 할아버지에게 물었다.

"탈리아. 잘 지냈니?"

나는 예의상 활짝 웃으며 대답했다.

"아주 잘 지냈어요, 디아스 아저씨. 고맙습니다."

디아스 아저씨는 한숨을 쉬며 말을 이었다.

"아, 넌 참 운이 좋구나. 내가 마지막으로 집사람을 봤을 때, 일이 그렇게 돌아갈 줄 상상도 못했는데……."

디아스 아저씨의 이야기라면 달달 외울 정도로 잘 알고 있었다. 나는 웃음을 거둬들이고 짐짓 아무 말도 듣지 못했다는 듯 내 방으로 쓰는 다락으로 서둘러 올라갔다.

마룻바닥을 통해 할아버지의 말소리가 웅얼웅얼 들려왔다. 할아버지는 곰처럼 건장했지만 목소리가 희한할 정도로 부드러웠다.

따뜻하고 확신에 찬 여자 목소리 같기도 했다. 그 목소리를 듣고 있으면 마냥 믿고 싶어진다.

11

>>> ... <<<

엄마가 떠나기 전에 주고 간 낡은 컴퓨터는 힘겹게 돌아갔지만, 옆집에서 얻어 온 모뎀 덕분에 인터넷에 접속할 수는 있었다. 그나마 바람이 잔잔할 때만 접속이 되고, 돌풍이나 폭우가 내리면 바로 끊어졌다. 당연한 얘기지만 우기에는 상황이 더 심각했다.

컴퓨터에서 '딩동'하는 소리와 함께 바탕 화면에 엄마의 얼굴이 나타났다. 엄마 사진을 보니 숨이 가빠졌다. 엄마가 마지막으로 보내 준 사진이었다.

인디아.

엄마의 진짜 이름은 후아나였지만 초등학교, 고등학교, 대학교, 어디를 가든 사람들은 항상 엄마를 '원주민 여자'라는 뜻의 '인디아'라고 불렀다 흑요석처럼 검은 눈, 검은 머리칼, 높이 솟은 광대뼈와 구릿빛 피부. 할아버지는 자신의 외동딸에게 가문의 원주민 피가 모조리 전해졌다고 했지만, 그 피가 어디서 왔는지에 대해서는 입을 다물었다.

우리 나라는 노예, 이민자, 혼혈인의 나라다. 지구상의 모든 나라 사람들이 이곳에 있었고, 아무도 자신의 원래 혈통을 모른다. 레오포우지나 사람을 아무나 열 명 골라 봐도 옆 사람과 피부색이 같은 사람은 한 명도 없다. 피부가 흑단같이 검은 여자가 거의 백인인 아기를 낳을 수도 있고, 부스스한 폭탄 머리를 한 꼬마가 눈이 파란 키다리와 형제일 수도 있다. 내가 태어나기 훨씬 전에 돌아가셔서 누렇게 바랜 사진으로만 본 할머니나, 할아버지도 곁으로 봤을 때 원주민 같은 특징이 한 군데도 없었다. 원주민 혈통은 여러 세대를 거치면서 땅속에 숨어 있다가 엄마한테서 불쑥 나타난 샘물 같은 것이었다.

엄마는 내게 원주민 혈통을 조금만 물려주었다. 나는 길쭉한 눈과 거무스름한 피부 말고는 '백인 혈통'이 훨씬 더 강했다. 아빠가 내게 남겨준 유일한 유산이었다.

나는 아빠에 관해서는 호나우두라는 이름밖에 모른다. 내 생각엔 엄마도 그 이상 더 아는 게 없는 것 같다. 나는 엄마와 아빠의 짧은 사랑 이야기가 사실이었다는 증거다. 세 번의 만남과 함께 끝나버린 사랑 이야기.

엄마는 아주 어렸을 때부터 자신의 원주민 혈통을 집요하게 파고들었다. 아주 오래 전 조상들 혈통이 어떻게 수 세대를 건너 엄마의 얼굴과 몸에 그토록 선명한 자국을 남길 수 있었을까?

엄마는 더 많이 알아내고 싶어 했다.

엄마는 장학금을 타며 대학에서 인류학과 민족지학을 공부하기 시작했다. 원주민 소녀 인디아가 원주민 학자가 되어 과거의 증언들을 샅샅이 찾아서 모으고 원주민들을 찾아서 숲 속을 헤매고 다니게 된 것이다.

"탈리아, 우리는 그들에게서 왔단다. 너도 그렇고 나도 그래. 우리 핏줄 속에는 그들의 피가 흐르고 있어. 우리는 그들에게 빚을 지고 있고, 그래서 그들을 잊어선 안 돼."

내가 아장아장 걸어 다닐 때부터 엄마는 벌써 유럽인들이 이 나라에 도착하기 전부터 500 내지 600, 아니 700만 명의 원주민들이 살고 있었다는 이야기를 해 주었다. 현재 원주민 수는 수십 만 명밖에 남지 않았다. 수많은 원주민들이 노예가 되거나 전염병에 걸려서 죽었고, 귀한 목재나 금광, 고무 때문에 죽임을 당했다. 엘도라도를 찾는 귀족 탐험가들의 사냥 놀음에 사냥감 노릇을 했던 원주민들도 있었다.

하지만 이러한 학살에서 멀리 떨어진 채 고립된 '아레이도스'라는 원주민들이 있었다. 그들은 이른바 '문명 세계'와 모든 접촉을 끊고 살고 있다. 그들은 텔레비전, 컴퓨터, 전화기, 비행기, 발전기뿐 아니라 우리의 존재도 전혀 모른다. 그들의 수가 얼마나 되는지 정확히 아는 사람은 없지만, 극소수만 살아 있다는 건 확실하다. 엄마는 아레이도스 원주민은 천 명도 안 남았다며, 무척 시적인 말을 덧붙였다.

"그들은 인간의 심장, 뿌리, 기억이야."

몇 년 전 원주민 권익 보호 재단이 아레이도스 원주민 보호 프로그램에 협력해 달라는 제안을 했을 때, 엄마는 일 초도 망설이지 않고 제안을 받아들였다.

"그건 내게 온 기회였어, 탈리아. 숲 깊은 곳에서 온 부름이었지. 나는 그곳에 갈 수밖에 없었단다."

후아나 자브로스키 교수는 곧바로 숲 속에 연구실을 만들고 수많은 책과 연구 자료, 학생들을 데리고 갔다. 엄마는 마치 인디아나 존스 같았다.

그리고 이타와파에 처음으로 갔다.

12

>>> ··· <<<

다 쓰러져가는 오두막, 끝없이 펼쳐진 숲, 옹색한 활주로, 순식간에 무성해지는 수풀. 그것 말고는 아무 것도 없는 이곳이 바로 우리 엄마의 왕국, 이타와파다.

레오포우지나에서 1500킬로미터 정도 떨어진 이타와파는 어떤 지도에도 나와 있지 않다. 그 어떤 길도 이타와파로 가지 않았다. 세상의 끝이 더 가까워 보였다.

숲 위를 나는 비행에 도가 튼 조종사 몇 명만이 이타와파에 접근할 수 있었고, 비행기 날개를 부러뜨리지 않고 착륙할 수 있었다.

엄마는 1년 중 8개월을 그런 곳에서 살았다.

엄마는 200제곱킬로미터가 넘는 숲, 늪지, 지도로 만들 수 없는 미개척지를 혼자서 감시했다. 숲이 너무나 빽빽해서 인공위성들도 그 속을 들여다볼 수 없었다. 금을 찾으러 들어갔다가 다시는 돌아오지 못한 사람들과 우리 엄마 말고는 아무도 그런 곳에 감히 발을 들여놓을 엄두를 내지 않았다. 이타와파는 재규어, 카이만 악어, 아나콘다, 수루쿠쿠 뱀의 땅이었다. 수루쿠쿠 뱀은 예쁘게 생겼지만 몇 분 안에 목숨을 앗을 정도로 치명적인 독을 품고 있다.

그곳은 극소수만 남은 아레이도스 원주민들의 영역이기도 했다. 그들은 이름도 알 수 없는 어떤 부족에서 마지막으로 살아남은 사람들이었다. 엄마는 처음 이타와파로 연구 여행을 떠날 때 아레이도스 원주민이 네다섯 명은 있을 거라고 추정했다.

엄마는 오랫동안 그렇게 믿었다. 하지만 이타와파에 머물면서 여러 정황을 관찰하고 기록을 검증한 결과 그 수가 다섯 명도 안된다고 확신하게 되었다. 네 명도, 세 명도, 두 명도 아니었다.

아레이도스 원주민은 단 한 명밖에 없었다.

누구에게, 어떻게 당했는지는 모르지만 그는 몰살 당한 부족의 마지막 생존자였다. 엄마가 가진 증거물이라고는 그가 지나다니는 길에 드물게 남긴 재, 부러뜨린 나뭇가지, 아사이 나무로 만든 버려진 움막 같은 흔적밖에 없었다.

엄마는 그를 '최후의 사람'이라는 뜻의 '울티모'라고 불렀다. 엄마는 숲에 혼자 있다가 갑자기 누군가 아주 가까이에서 지켜보고 있는 듯한 느낌을 여러 번 받았다고 했다. 분명 누군가 엄마를 몰래 관찰하고 있었다. 그럴 때마다 엄마는 쿵쾅거리는 가슴으로 꼼짝 않고 서서 아주 작은 신호나 숨소리를 감지하려고 애썼다. 하지만 매번 그 느낌은 눈 녹듯 스르르 사라지고 유령이 지나간 듯 으스스한 기분만 남았다. 엄마는 열을 내며 말했다.

"그 사람은 거기 있었어. 확실해. 나한테서 몇 걸음 떨어진 곳에……. 그런데 어디에 있었을까?"

울티모는 아무런 소리도 내지 않고 그림자처럼 움직였고 엄마는 아무 것도 보지 못했다. 엄마는 보이지 않는 사람을 밤낮없이 지켜보았고, 무슨 일이 있어도 그 일을 계속 해 나갈 작정이었다.

하지만 상황이 바뀌었다. 자브로스키 교수의 보고서를 본 어떤 공무원이 의문을 제기한 것이다. 알려지지 않은 부족의 실체도 없는 마지막 생존자를 관찰하는 데 시간을 다 보내는 인류학자에게 세금을 낭비해야 할까? 원주민을 위한 재단에서는 엄마에게 지원을 끊기로 결정했다.

엄마는 울티모를 계속 연구해야 한다고 강하게 주장했다.

"우리가 관찰을 하건 안 하건, 이 남자의 문화, 언어, 역사는 인류의 자산입니다. 그를 보호하는 것은 우리의 의무입니다."

엄마는 각종 인터뷰에 응했고, 텔레비전 프로그램 두세 개에 출연했다. 엄마의 일은 장관에게까지 올라갔고, 결국 장관이 최종 결정을 내렸다. 역시 지원을 중단하겠다는 것이었다. 이제 엄마는 다른 지역에 가서 새로운 연구들을 시작해야 했다.

그로부터 몇 주 후, 엄마는 자신의 연구를 중단시킨 바로 그 장관이 아메라다 석유회사에게 울티모가 사는 지역에서 원유를 탐사할 수 있도록 허가하는 서류에 서명을 했다는 사실을 알아냈다. '엑스플로라도르 2000'이라는 거창한 이름의 원유 탐사 계획의 허가 서류에는 숲의 심장부까지 탐사 구멍을 얼마든지 뚫어도 좋다는 내용이 담겨 있었다. 그곳은 아레이도스 원주민들에게만 엄격하게 허가된 구역이었다.

결국 이 결정은 석유가 원주민들보다 더 중요하다는 말이었다.

그날 저녁 엄마는 교수직을 사임했다. 그리고 일주일 후, 혼자 자비를 들여 이타와파로 다시 떠났다. 엄마는 울티모를 결코 포기하지 않겠다는 결의에 차 있었다.

13

>>> ... <<<

컴퓨터 사진 속 엄마는 두 손을 허리에 대고 웃고 있었다. 짧게
자른 머리와 기름한 눈매 때문에 엄마는 무척 어려 보였다. 언뜻
보면 10대 소녀 같았다. 허벅지까지 걸쳐 내려온 기다란 벌채용 칼
과 오두막 벽에 무심히 매달린 총을 보니 제법 탐험가 같았다. 사
진 뒤편에는 무성하게 얽힌 넝쿨, 나뭇잎, 나뭇가지, 나무줄기밖에
없었다.

인터넷 접속이 꽤 잘 되는 것 같았다. 나는 메신저를 클릭하고
비밀번호를 입력했다. 마타 비르헴, 원시림. 나는 눈을 꼭 감고 기
도 비슷한 걸 중얼거렸다.

"제발 아무 소식이라도 도착해 있길."

누구에게 기도를 하는 건지는 잘 모르겠다. 하늘 위, 아니면 인
간의 운명에 관심이 있는 누군가? 구름 위에 사는 수염 기른 신, 못
된 악마, 아니면 숲의 정령? 산타 마리아 학교의 수녀들은 수염 기
른 신의 편이었고, 엄마는 신이 어디 있냐며 코웃음을 쳤다. 장례식
때만 성당에 가는 할아버지는 이쪽저쪽에 잠깐씩 기도를 드린다고

해서 누구에게 해를 끼치는 건 아니라고 했다.

나는 눈을 뜨고 모니터를 흘끗 보았다. 세상에는 신도 악마도 없다. 엄마한테선 아무런 소식도 없었다. 나는 입술을 깨물었다.

존재조차 알려지지 않은 숲 한가운데서 발전기를 고치는 건 시간이 얼마나 걸릴까?

'걱정하지 마. 다 잘 될 거야.'

나는 그 말을 더는 믿을 수 없을 것 같았다.

엄마가 떠난 후 처음으로 나는 참지 않고 목 놓아 흐느껴 울었다.

14

>>> ... <<<

할아버지 목소리는 늘 마룻바닥을 통해서 들려왔다. 창문 밖을 바라보니 키 작은 대머리 아저씨가 아직 기다리고 있었다. 할아버지한테는 마지막 손님인 것 같았다. 나는 1레알짜리 동전 하나를 챙겨 들고 흔들리는 계단을 급히 내려가 그 아저씨 뒤로 슬그머니 줄을 섰다.

바람 한 점 없어서 숨이 턱턱 막혔고 공기가 짓누르는 것처럼 무겁게 느껴졌다. 라디오와 텔레비전 소리가 열린 창문들 사이로 왁자지껄하게 흘러나왔다. 저 멀리 뚱뚱한 알메이다 아줌마가 보였다. 알메이다 아줌마도 우리 할아버지처럼 '움 푸코 루코'였다. 내가 아주 어릴 적부터 아줌마는 하루 종일 로맨스 소설을 읽으며 시간을 보냈다. 주로 가난하고 순수한 젊은 여자들이 잘생기고, 마음씨 좋고, 똑똑하고 부자인 남자를 만나는 내용이었다. 때때로 아줌마는 소설 서너 권을 내 손에 쥐어 주며 말했다.

"얘, 이거 읽어. 네 나이 때는 사랑을 꿈꿔야 해. 더 나이 먹으면……."

아줌마는 말을 끝까지 맺는 법이 결코 없었다. 소설을 읽지 않을 때는 상상 속 파트너와 탱고를 췄다. 아줌마는 사랑이 가득 찬 눈으로 우아한 하마처럼 빙그르 돌면서 몇 시간이고 보낼 수 있었다.

고양이 한 마리가 거리에 슬그머니 나타났고, 키 작은 대머리 아저씨가 할아버지의 점집으로 들어갔다. 그렇게 밤이 찾아왔고 몇 분 만에 거리는 어둠 속에 잠겼다. 박쥐 수백 마리가 나무에 주렁주렁 달린 열매처럼 지붕에 매달려 있었고, 목이 터져라 꽥꽥 울어대는 카스타뉴 강의 개구리 소리는 주변 텔레비전 소리와 알메이다 아줌마의 탱고 소리까지 묻어 버렸다.

고양이는 어디론가 사라졌고 점집에서 마지막 손님이 나왔다. 나는 할아버지가 어떻게 반응할지 걱정하며 안으로 들어갔다.

할아버지는 나를 제대로 쳐다보지도 않고 인사를 건넸다.

"안녕하세요."

소리를 죽인 텔레비전 화면 속에선 사회자가 젊은 여자의 허리를 감싸 안고 이를 활짝 드러내며 웃고 있었다. 방안에는 카샤사 술의 들척지근한 냄새가 진동했다. 할아버지는 술을 잔에 가득 붓더니 비로소 눈을 들어 나를 보았다.

"이런, 이런. 우리 귀여운 탈리아가 이 누추한 곳에 할아비를 보러 왔구나. 그래, 뭘 해 줄까?"

할아버지는 말을 조금 더듬었다. 나는 탁자 위에 동전을 올려놓으며 말했다.

"카드 패 좀 뽑아 줘요."

할아버지는 동전을 내 쪽으로 되밀었다.

"안 돼. 오늘은 끝났어. 헛소리를 하도 늘어놨더니 진절머리가 나는구나. 영업 끝났다."

"엄마한테 무슨 일이 일어났는지 알고 싶어요. 벌써 48일째 소식을 듣지 못했다고요. 딸이 죽었는지 살았는지 모르는데, 아버지란 사람이 걱정도 안 한다고 하더군요. 상관도 없는 사람처럼."

할아버지가 무뚝뚝하게 말했다.

"그걸 네가 어떻게 알아? 저 위에 네 방에서 컴퓨터만 만지작거리는 게 무슨 소용이 있니? 그 물건으로 온 세상과 이야기를 나눌 수 있다는 얘기는 나도 들었다만."

"이타와파의 발전기가 고장이 나서 엄마가 더는 메시지를 보낼 수 없어요. 내가 벌써 말했는데 귓등으로도 안 들었잖아요."

"아주 몹쓸 물건이구나! 그까짓 컴퓨터, 네 방에 붙여 놓은 지도만도 못하구나."

나는 또다시 동전을 할아버지에게 내밀었다. 할아버지는 아무 말 없이 동전을 주머니에 넣고 타로 카드를 탁탁 쳐서 섞고, 갈라서 부채꼴로 펼친 다음 내게 말했다.

"다섯 장만 골라 보렴."

15

>>> … <<<

나는 떨리는 손으로 카드를 하나씩 뽑았다. 할아버지는 내가 뽑은 카드 다섯 장을 십자 모양으로 뒤집어 놓고, 내게 눈길을 주며 두 장을 펼쳤다. 첫 번째 카드에는 별들에 둘러싸인 여자가 있었고, 두 번째 카드에는 여자의 얼굴을 한 달과 하늘을 향해 짖고 있는 개 두 마리가 있었다.

"별과 달이구나. 이건 밤의 아르카나 카드란다. 우리가 선명하게 볼 수 없을 거고, 우리 삶이 계속 비밀에 싸여 있을 거란 뜻이란다."

할아버지는 잠시 카드 두 장을 바라보더니 고개를 끄덕이고, 첫 번째 카드를 검지로 두드리며 말했다.

"탈리아, 별은 좋은 카드란다. 네 엄마는 뭔가 새로운 것, 아니면 새로운 사람을 향해 걸어가고 있는 중이야. 그래, 새로운 사람이 더 맞겠다. 별은 네 엄마를 새로운 사람에게 데려갈 거야. 한 번도 만난 적은 없지만 네 엄마에겐 아주 중요한 사람이지. 아주 중요한 사람. 또 다른 카드는……"

할아버지는 카드와 소리 없는 대화라도 나누는 듯 붙잡고 한동안 가만히 있었다.

"뭐예요?"

"달은 밤의 빛이란다. 우리가 물건들을 구별할 수 있을 만큼만 빛을 비추지. 자세히 보기에는 너무 약한 빛. 세상은 그대로인데 밤에는 어둠에 가려 있지. 달은 빛으로 밤의 세상을 보여주기도 하지만 때로는 가리기도 해. 이건 비밀의 아르카나야. 뭔가를 감추는 카드지. 그림자는 비밀에 가득 싸여서 그 속에 무엇을 숨기고 있는지 아무도 몰라."

할아버지는 잠시 머뭇거렸다.

"한 가지 확실한 건 뭔가를 알아낼 거라는 거야. 오랫동안, 아주 오랫동안 숨겨왔던 비밀 말이다. 네 엄마는 아마 자기도 모르게 그 비밀을 찾고 있는 중일 거야, 그리고……."

할아버지는 카샤사 술을 한 모금 마셨다.

"그리고 뭐예요?"

"아무 것도 아니다. 나는 자주 생각해 봤단다, 탈리아. 왜, 음 왜……?"

할아버지는 내게 한눈을 찡긋하더니 히죽히죽 웃었다.

"왜, 뭔데요? 네?" 할아버지는 말을 골랐다.

"후아나가 왜 하필 그런 외진 데를 갔는지 말이야. 끝도 없이 숲만 있는 곳이잖아. 다른 갈 만한 데도 엄청나게 많았거든. 그런데 왜 그 빌어먹을 이와타, 아니 이타와파였던가? 흠……. 네가 대신 나한테 얘기 좀 해 줄래?”

할아버지는 혼자 소리를 죽이고 웃었다. 조금 걱정스러웠다. 할아버지는 저녁이 되면 늘 이렇게 엉망으로 취해서 이상한 말을 늘어놓았다.

“우연이야, 탈리아. 세상만사 다 우연이지.”

할아버지는 세 번째 카드를 뒤집더니 곰처럼 크게 소리를 질렀다. 하늘 높이 뻗은 탑이 있는데, 그 탑이 벼락을 맞았고 두 사람이 밑으로 떨어지는 그림이었다.

“이건 신의 집이야. 큰 변화가 일어날 것을 알리는 카드지. 탈리아, 뭔가가 부서지고 사라진다는 뜻이란다. 우리가 진실로 믿고 있던 모든 것이 거짓으로 밝혀지고, 거짓으로 믿고 있던 것이 진실이 되는 거야.”

할아버지의 목소리가 떨렸고, 나도 온몸이 떨려 왔다.

“무슨 말 하는지 하나도 모르겠어요.”

“너는 네 머리로 이해되는 것만 믿으려 하기 때문이지. 하지만 탈리아, 나는 내가 보고 느낀 걸 이야기한단다. 내가 느낀 것, 오로지 그것만 이야기해. 이 카드는 폭력, 위험, 고통, 그리고 더 심한 것들을 말하고 있어. 누군가 네 엄마의 목숨을 위협하든가, 아니면 앞으로 위험하게 만들 거야. 그래도 나는 아무 것도 할 수 있는 게 없어. 이 카드를 선택한 건 너야."

할아버지는 잔뜩 흥분한 목소리로 땀까지 뻘뻘 흘려가며 말을 쏟아냈다. 수염을 타고 땀방울이 흘러내릴 정도였다. 그런 모습을 처음 본 나는 할아버지 손에서 카샤사 술병을 빼앗으며 말했다.

"그만, 그만 하라고요! 술을 너무 많이 마셨어요. 아무 말이나 막 하고 있잖아요."

심장이 터질 것처럼 마구 뛰었다.

"네가 원한 거잖니, 탈리아."

"그 입 좀 다물어요. 좀 전에 카드는 좋다고 하더니 갑자기 왜 이래요. 되는 대로 말하고 있잖아요. 어떻게 좋은 것이랑 나쁜 것이 동시에 나올 수 있어요? 좋고 나쁜 게 같이 나오면 안 되죠!"

"아니야, 탈리아, 아니야. 같이 나올 수 있단다. 나도 이 카드가 싫어. 이 카드가 우리에게 말해주는 게 싫단다. 하지만 좋은 것과 나쁜 것은 떼려야 뗄 수 없는 쌍둥이 같아. 하나가 있으면 다른 하나도 아주 가까운 곳에 있지. 사랑과 미움, 아름다움과 추함, 이 모든 게 손을 맞잡고 함께 가지. 당장 너만 해도 그래. 너는 알고 싶어. 하지만 한편으론 무척 두려워하기도 하잖니."

할아버지는 내 손에서 술병을 되가져 가서 잔에 가득 부었다. 그리고 아무 말 없이 눈을 반쯤 감고 조는 것 같았다. 나는 카드에서 눈을 뗄 수 없었다. 이게 뭘 의미하는 걸까? 엄마라면 아무 의미도 없다고 했을 것이다. 과학자인 엄마는 할아버지가 쓸데없는 일을 한다고 딱 잘라 말했다. 때때로 엄마는 짜증을 냈고 할아버지를 사기꾼 취급하기도 했다. 그럴 때면 할아버지는 그저 웃으며 말했다.

"후아나, 난 아무에게도 해를 끼치지 않는단다. 그냥 미래의 문을 아주 조금 열어서 들여다보는 것뿐이야. 그걸 믿는 사람들에게는 위안을 주는 거고 안 믿는 사람들에게 그 어떤 피해도 주지 않아. 나쁠 게 없지 않니?"

엄마는 어깨를 으쓱했고 이야기는 늘 거기서 끝났다.

할아버지가 말한 내용 중에 조금이라도 진실이 있을까? 할아버지는 카드 다섯 장 중 세 장만 뒤집었다. 나는 나머지 카드에 무슨 내용이 담겨 있을지 궁금하기도 했고, 알고 싶지 않기도 했다.

'너는 알고 싶어. 하지만 한편으론 무척 두려워하기도 하잖니.'

할아버지가 옳았다.

방 안엔 할아버지 숨소리만 가득했다. 눈을 반쯤 감고 턱을 가슴에 묻은 채 할아버지는 깊이 잠든 것 같았다.

갑자기 양철 지붕을 요란하게 때리며 비가 내리기 시작했다. 창

틀에 모기장을 쳐 놓았는데도 조그만 박쥐 한 마리가 비를 피해 방 안으로 들어왔다. 환한 빛에 겁에 질린 듯 박쥐는 전등 주위를 전속력으로 뱅글뱅글 돌았다. 그 바람에 벽에 커다란 박쥐 그림자가 어른거렸다. 그러다가 볼록 튀어나온 부분에 매달려 꼼짝 않고 있었다. 발발 떨면서 벌린 조그만 입 속에는 뾰족한 이빨이 나 있었다. 작은 몸집 치고는 무척 사납게 보였다.

귀가 멍해질 정도로 요란하게 내리던 비는 어느새 빗물받이 홈통을 넘어 길가 도랑으로 콸콸 흘렀고 거리를 온통 뒤덮었다. 동네가 온통 물바다가 되자 어김없이 할아버지 점집에 달린 유일한 알전구가 멈추기 직전의 심장처럼 깜빡거리기 시작했다. 텔레비전 화면은 빛 한 점만 남아 있다가 완전히 꺼져버렸고 마침내 방 안은 어둠에 잠겼다.

시끄러운 빗소리와 개구리 소리에 장단을 맞추듯 할아버지가 카사사 술을 병째 벌컥벌컥 들이켰고 이내 코를 골았다.

16

>>> ··· <<<

카샤사 술병을 끌어안고 할아버지는 잤다. 하루 이틀 일도 아니다. 나는 할아버지를 내버려 두고 옷도 갈아입지 않은 채 내 방 침대에 몸을 던졌다.

눈앞에 타로 카드들이 어른거렸다. 달, 별, 신의 집과 벼락을 맞은 탑. 할아버지는 거짓말쟁이고 말도 안 되는 소리만 하는 거라 믿으려고 안간힘을 썼지만, 마음 한편에서 계속 다른 목소리가 속삭였다.

양철 지붕을 세차게 두드리며 비가 끊임없이 내렸다. 이타와파에도 이렇게 비가 올까? 대답을 알고 있었기에 하나마나 한 질문이었다. 이렇게 비가 오는 게 아니라 훨씬 더 많이 퍼붓는다. 가뜩이나 외진 데 있는 이타와파를 아예 쓸어버리려는 것처럼 비가 사정없이 내린다.

요란한 빗소리를 자장가 삼아 나는 엄마를 생각하며 눈을 감았다. 아주 천천히 어둠 속에서 엄마의 형체가 나타났다. 엄마 곁에는 나무들이 넘을 수 없는 벽처럼 버티고 서 있었다. 엄마는 이타와파의 오두막 앞에 쪼그리고 앉아 힘없이 눈물을 흘리며 더러운 발전기를 고치고 있었다. 엄마는 나한테 손을 내밀며 도와달라고 애원했다. 목소리가 너무 작아서 거의 들리지 않았고, 입술 움직이는 모양을 보고 무슨 말을 하는지 겨우 알아챘다. 나는 엄마를 도우려고 애썼지만 손이 물건들을 그대로 통과해 겉돌기만 했다. 엄마를 안고 입을 맞추고 싶었지만 엄마가 유령이라도 되는 것처럼 내 손이 엄마를 통과했다.

그때 나는 우거진 나뭇가지 사이에 숨어 있는 원주민 남자를 보았다. 울티모였다. 울티모는 엄마를 향해 활시위를 팽팽하게 당기고 있었다. 나는 비명을 지르며 침대에서 튀어 오르듯 벌떡 일어났다. 방금 꾼 꿈 때문에 심장이 조여들고 숨이 멈출 것 같았다. 땀에 흠뻑 젖었고 몸이 덜덜 떨렸다. 숲의 소음, 무더운 공기, 냄새, 원주민, 엄마……. 모든 것이 현실처럼 너무나 생생했다.

나는 무서워서 벌벌 떨었다.

'누군가 네 엄마의 목숨을 위협하든가, 아니면 앞으로 위험하게 만들 거야.'

할아버지의 말이 계속 맴돌았다. 나는 꿈에서 본 광경을 떨쳐 버리고 싶었다. 그 광경들을 잊어 버리고, 내게 애원하던 엄마의 얼굴을 잊으려 했다. 나는 눈을 둥그렇게 뜨고 어둠 속을 그저 바라볼 수밖에 없었다.

거리마다 빗물이 급류를 이루며 넘쳐흘렀다. 우기 때면 늘 그렇듯, 내일이면 저지대에 있는 동네들이 물에 잠기고 카스타뉴 강은 바다만큼이나 넓어져서 강을 거슬러 가는 작은 배들을 삼켜 버릴 터였다.

갑자기 페케누 생각이 났다. 이렇게 비가 많이 올 때 그 아이는 어디로 몸을 피할까? 페케누도 엄마 꿈을 꿀까? 예전에 어떻게 살았는지 기억하고 있을까?

눈앞에 떠오르는 엄마 얼굴을 떨쳐 버리려고 몸을 계속 뒤척였다. 눈을 뜨고 잠들지 않으려 했다. 악몽을 꾸지 않고 밤을 지새우려고 나는 안간힘을 썼다.

17

>>> ... <<<

비가 갑자기 멈춰서 잠에서 깼다. 결국 잠들고 말았던 것이다. 이런 폭우가 한바탕 퍼부은 후엔 갑작스럽게 조용한 것도 요란한 소음만큼이나 귀를 먹먹하게 만든다. 하지만 다른 생소한 소리도 들려왔다. 고막을 울리는 벨 소리였다. 전화 소리라는 걸 선뜻 알아차리지 못했다. 몇 년 전 할아버지가 집에 전화를 놓았다. 어느 날 앞코가 뾰족한 구두를 신고 연보라색 넥타이를 맨 전화 회사 직원이 집을 찾아와서 '사업이 더 잘 되려면' 전화가 꼭 필요하다고 할아버지를 설득한 결과였다. 나는 지금까지 할아버지한테 전화를 건 사람은 단 한 명도 없었을 거라고 확신한다.

전화 벨 소리가 그치지 않고 계속 울렸다. 이렇게 일찍 누가 전화를 한 걸까?

엄마다! 엄마일지도 몰랐다.

나는 부리나케 계단을 내려가서 수화기를 들었다.

"엄마⋯⋯?"

"후아나 자브로스키 씨 따님인가요?"

어딘지 알 수 없는 억양의 젊은 남자 목소리였다. 어쩌면 아직 어린 소년 같기도 했다. 가슴이 쿵하고 내려앉는 것 같았고, 곧 거대한 손아귀에 붙잡힐 것 같은 기분이 들었다.

영화 같은 데서 보면 새벽녘에 울리는 전화벨 소리는 좋은 소식을 알리는 법이 결코 없었다. 나는 한참을 가만히 있다가 가까스로 대답했다.

"네……, 왜 그러세요?"

들릴락 말락 가느다란 목소리가 내 입에서 흘러나왔다.

"시간도 이른데 죄송합니다. 저 때문에 잠이 깼죠? 하지만 제가 몇 분 후면 어딜 가야 해서 그 전에 알려드려야 했거든요."

"무슨 일이신데요?"

"저는 타쿠아주라고 해요. 어머니 후아나 씨랑 잘 아는 사이지요. 숲에서 여러 번 가이드를 해 드렸어요. 그런데……."

목소리에서 머뭇거림이 느껴졌다. 수화기를 통해 그의 숨소리를 듣는데 심장이 터질 듯이 쿵쿵 뛰었다. 문 저편에서 할아버지의 코고는 소리가 들려왔다.

"그런데요?"

"나흘 전에 식물학자 단체 가이드를 했어요. 그분들은 페르세베란사에 가던 중이었어요. 경비행기를 타고 거길 가려면 이타와파를 아주 가까이에서 통과해야 하거든요. 나는 그 동네를 잘 알고 후아나 씨가 거기 있다는 것도 알고 있었고요. 비행기 방향을 살짝 틀어 오두막 바로 위를 지나갔어요. 후아나 씨가 잘 지내는지 확인하려고요."

나는 수화기를 두 손으로 꽉 움켜쥐었다.

"엄마를 봤어요?"

"아니요, 못 봤어요."

잠시 침묵이 흘렀다. '아니요, 못 봤어요.'라는 말의 뜻을 이해하는 데 시간이 필요했다.

타쿠아주는 말을 이어나갔다.

"아무도 없었어요. 하지만 자주 그래요! 숲은 너무 넓거든요. 최근에 어머니한테 소식이 있었나요?"

나는 숨을 제대로 쉬려고 애쓰면서 속삭였다.

"아니요, 없었어요."

타쿠아주가 갑자기 반말로 물었다.

"너 이름이 뭐니?"

"탈리아."

어떻게 발음되는지 곱씹으려는 듯, 그는 두어 번 내 이름을 중얼거리더니 다시 말을 이었다.

"그래서 우린, 그러니까 조종사랑 나는 다음 날 이타와파를 다시 들렀어. 밤이 되기 직전에. 후아나 씨가 우리에게 손 인사를 하고 싶을 거라고 생각했지. 숲에서 혼자 오래 지내다 보면 지나가는 비행기에 손 인사만 해도 기분이 한결 나아지거든."

"그때 우리 엄마를 봤어?"

타쿠아주는 곧바로 결론을 말했다.

"그런데 너도 알겠지만, 못 봤다고 해서 무슨 문제가 있는 건 아니야. 며칠 예정으로 어디 간 걸 수도 있고. 너희 엄만 새로운 곳을 찾아내고, 탐험하는 걸 좋아하거든. 후아나 씨는 숲을 겁내지 않아. 나만큼이나 숲을 아주 잘 알지."

"그러니까 엄마를 못 봤단 말이지?"

타쿠아주는 또다시 머뭇거렸다.

"응, 못 봤어. 그래도 다시 말하지만, 너희 엄만 그 동네를 손바닥처럼 훤하게 알아. 분명히 잠깐 탐험하러 갔을 거야. 그러니까 걱정하지 마."

'고마워! 하지만 그런 뻔한 말은 충분히 들었어.'

하고 싶은 말이 목에 걸려서 도무지 나오지 않았다. 뱃속에서 도사리던 조그맣고 단단한 덩어리가 갑자기 쑥쑥 커지는 것 같았다.

잠시 가만히 있던 타쿠아주가 물었다.

"아직 듣고 있니?"

나는 모기만한 목소리로 대답했다.

"응"

"이제 끊어야겠어, 탈리아."

"잠깐만! 조종사, 그러니까, 우리 엄마를 안다는 그 조종사 이름 좀 알려 줘."

"여기선 다들 체코라고 불러. 체코 사람이란 뜻이지. 이제 정말 가봐야겠다. 사람들이 기다려. 돌아와서 다시 전화할게. 걱정하지 마, 다 잘 될 거야."

다 잘 될 거란 얘기도 신물 나게 들었다. 하지만 실제 상황은 좋게 돌아가지 않았다. 별일이 없다는 이야기를 하려고 꼭두새벽부터 굳이 전화를 거는 사람은 없다. 타쿠아주는 분명 엄마를 걱정하고 있었다.

통화가 끊기자 관자놀이가 윙윙 울리는 것 같은 기분이 들었다. 한동안 전화기에 매달려서 수화기에서 나는 '뚜뚜' 소리와 관자놀이에서 피가 도는 소리만 들었다.

엄마에게 소식을 듣지 못한지 49일째. 좀 전에 타쿠아주에게 조종사 체코랑 연락하려면 어떻게 해야 하는지 묻는 걸 잊어버렸다. 아침이 밝아오니 비로소 내가 뭘 해야 할지 알 것 같았다.

18

≫≫ ⋯ ≪≪

아침 7시가 막 지났을 무렵 나는 파출소 문을 밀고 들어갔다. 거리는 온통 젖어 있었고 불어난 강물이 금방이라도 넘칠 듯 넘실거리고 있었다. 김이 모락모락 나는 커피 잔에 코를 처박고 있던 경관이 고개를 들었다. 혼자인 것 같았고, 맞은편에는 커다란 카메라 한 대와 여러 가지 물건들이 놓여 있었다. 나중에 경관은 커다란 카메라를 사느라고 반쯤은 파산했다는 이야기를 해 주었다.

"안녕, 꼬마 아가씨! 무슨 일로 이렇게 일찍 나왔나?"

나는 '꼬마 아가씨'란 말을 못 들은 척 했다.

"엄마가 실종되어서 제가……."

경관은 사진기에서 눈을 떼고, 나를 찬찬이 뜯어보았다. 옷만 겨우 갈아입고 뛰쳐나온 터라 정신 나간 아이 같아 보일 게 뻔했다.

"여기 앉아서 차근차근 얘기해 보렴."

"엄마가 떠난 지 넉 달이 됐는데요……."

"떠나신 거니, 실종되신 거니? 차이가 있거든."

나는 흥분해서 단숨에 자초지종을 털어놓았다. 경관은 한 번도 끼어들지 않고 중간중간 고개를 끄덕이거나 눈썹을 추켜세우며 이야기를 들었다. 이야기를 다 마치고 나니 나는 마치 마라톤을 완주한 사람처럼 숨이 턱까지 차고 목이 말랐다.

"저희 엄마를 찾을 수 있을까요?"

경관은 살짝 웃음을 지었는데 그리 희망적으로 보이진 않았다.

"절차대로 일을 처리할 거야. 네가 이야기한 건 접수했어."

경관은 내 것만큼이나 오래 돼 보이는 컴퓨터를 켜더니, 중얼거리며 자판을 치기 시작했다.

"사건경위서. 2010년 3월 19일, 접수는 1급 수사관 아고스티노 아구스토, 신고자는……."

아구스토 경관은 눈을 치켜뜨며 말했다.

"성이 뭐지?"

"자브로스키예요."

"이름은?"

"비탈리아. 하지만 다들 탈리아라고 불러요."

고물 선풍기는 요란한 소리를 내며 축축한 공기를 휘저어 놓았고, 아구스토 경관은 검지 두 개만 사용한 독수리 타법으로 자판을 두드렸다. 땀에 젖은 셔츠는 살갗에 달라붙었고, 겨드랑이 밑에 얼룩이 점점 더 크게 번져 갔다.

"몇 살이지?"

"열네 살이요."

경관은 나를 쳐다보았다.

"여기서 태어났니?"

나는 고개를 끄덕였다.

"그래, 그럴 줄 알았다. 여기 출신이니까 이 모든 걸 견디고 살 수 있겠지."

"어떤 거요?"

경관은 진창으로 변한 바깥을 가리켰다.

"모든 걸 썩게 만드는 비, 욕실까지 넘보는 개구리들, 침대 속까지 들어오는 거미와 화장실에 도사린 뱀들, 물이 줄줄 흐르는 벽, 더위, 습기, 곰팡이, 폭풍우……. 저녁마다 찬장을 열면 정신 나간 도마뱀 한 마리가 앉아 있어. 엄청나게 커다란 놈이지. 어디서 나왔는지 도무지 알 수가 없어. 꿈쩍도 않고 버티고 앉아서 몇 시간이고 나를 쏘아본단다. 내 뇌가 자기 것보다 발달한 게 끔찍이 싫은가 봐. 제 몸집이 조금만 더 크면 나를 잡아먹을 심산인 것 같아. 난 그 냉혈동물을 더 참아줄 수가 없어. 언젠가는 녀석을 죽이고 말 거야. 동물을 죽이는 게 양심에 걸리긴 하겠지만 적어도 그놈의 눈길에선 해방되겠지. 미치지 않고 이런 곳에서 어떻게 사는지 난 도무지 모르겠어."

아구스토 경관은 이마의 땀을 닦았다.

"미안, 계속하자."

그러고 나서 사건경위서를 다시 입력하기 시작했다. 이따금 자판에서 고개를 들고 상세하게 물어보았다.

"너희 엄마가 가셨다는 그 오지 이름을 다시 말해 줄래."

"이타와파예요. 이름 없는 오지가 아니라요."

"거기가 어딘데?"

나는 파출소 사무실 안을 둘러보다 벽에 압정으로 꽂아 놓은 지도를 발견하고 한쪽 구석을 손가락으로 짚으며 말했다.

"여기에요."

손가락이 가리킨 곳은 오로지 초록색뿐 지명도, 마을도, 아무 것도 없었다.

"저런, 맙소사. 꼬마 아가씨, 지금 무슨 말을 하는 거야? 거긴 아무 것도 없잖아. 이타와파란 곳은 없어."

"우선 내 이름은 '꼬마 아가씨'가 아니고요. 다음으로 이타와파는 분명히 있어요. 우리 엄마가 거기 있으니까요!"

경관은 지도를 뚫어져라 바라보았다. 그렇게 보면 이타와파라는 이름이 지도에 불쑥 나타나기라도 할 것처럼. 이타와파에서 가장 가까운 마을조차 아주 조그만 점에 불과했다. 이타와파에서 300킬로미터 떨어진 곳에 벼룩 똥만큼 작게 표시된 '희망'이란 뜻을 가진 '보아 에스페란차' 마을이 있었다. 조금 더 먼 곳에는 타쿠아주가 식물학자들과 함께 간다는 '끈기'라는 뜻의 '페르세베란사'가 있었다.

경관이 비웃듯 말했다.

"'희망'과 '끈기'라는 데가 다 있네. 하긴 그런 오지에선 희망을 갖고 끈기 있게 살아야겠지."

아구스토 경관은 또다시 이마를 닦았다. 사무실 창밖으로 보이던 누런 하늘이 어느새 검푸른 회색으로 변했다. 경관은 사무실 전등을 켰다.

"이걸 보라고. 날이 밝았나 했더니 벌써 한밤중처럼 컴컴해. 정말 지긋지긋한 동네야!"

그리고 몇 분 동안 자판 두들기는 소리와 사무실 한쪽에서 덜덜거리는 선풍기 소리만 들렸다. 경관의 땀으로 옷에 얼룩이 점점 더 번졌고, 그새 하늘은 칠흑같이 검어졌다. 잔뜩 낀 구름을 가르며 번개가 쳤고, 이어서 벽이 흔들릴 정도로 요란한 소리를 내며 천둥이 들이닥쳤다. 문이 큰 소리로 덜거덕거렸고 어디선가 물건이 와장창 깨지는 소리가 들렸다.

경관이 볼멘소리를 냈다.

"또 시작이야! 어젯밤으론 직성이 안 풀리나봐. 여긴 정말 짜증 나! 내가 도대체 무슨 죄를 지었기에 이따위 지역으로 발령을 받은 거냐고!"

빗방울 몇 개가 창문에 부딪쳐 흘러내렸다.

"49일째라……. 엄마가 정확히 언제 마지막으로 소식을 보내셨니?"

요란한 빗소리 때문에 경관은 목소리를 한껏 높였다.

"1월 29일이었어요. 마지막으로 받은 메일을 뽑아 왔는데……, 여기요."

아구스토 경관은 접힌 종이를 펼쳐 들고 낮은 목소리로 읽었다.

엄마는 잘 지내. 매일 전기를 몇 분밖에 쓸 수 없어서 한동안 소식을 전할 수 없을 거야. 하지만 탈리아, 걱정하지 마. 다 괜찮아. 걱정할 것 하나 없어. 다 잘 될 거야.

"그리고 여기, 엄마가 마지막으로 보낸 사진인데요. 이 사람이 우리 엄마예요."

아구스토 경관은 무슨 유령이라도 보듯 놀란 눈으로 엄마 사진을 바라보았다. 엄마 얼굴을 보면 다들 그런 반응을 보였다. 사람들이 숨죽이고 바라볼 정도로 엄마는 아름다웠다.

"그런데, 엄마가 원주민이시니?"

"아뇨. 하지만 다들 엄마를 인디아라고 불러요. 엄마는 이 나라 사람들 대부분은 핏줄 속에 원주민의 피가 흐른다고 했어요. 한 방울, 그도 아니면 반 방울이라도 원주민의 피가 섞여 있다고요."

경관은 엄마 사진에서 눈을 떼지 못한 채 중얼거렸다.

"그렇구나. 그럼 내 핏줄에도 원주민 피가 반 방울쯤 섞여 있겠네? 그런 생각은 한 번도 해 본 적이 없었는데."

아구스토 경관은 활짝 웃었다. 엄마의 생각이 무척 마음에 드는 모양이었다.

19

>>> ··· <<<

또다시 천둥이 쳐서 사무실 유리창들이 요동을 쳤다. 전등이 꺼졌고, 선풍기가 멈췄고, 컴퓨터 화면이 꺼졌다. 바깥에선 비가 나이아가라 폭포처럼 퍼붓고 있었다.

아구스토 경관이 한숨을 쉬며 말했다.

"빌어먹을 동네 같으니!"

경관은 책상 끄트머리에 앉아서 담배 한 대를 입에 물었다.

"엄마가 언제 오신다고 했는데?"

"3월 22일, 제 생일날이요. 엄마가 그렇게 약속했어요."

"곧 그날이구나."

나는 고개를 끄덕였다.

"들어 봐, 꼬마 아가씨……."

나는 목이 꽉 메어 경관을 차마 쳐다볼 수 없었다.

"너희 엄마는 너한테 전화를 할 수도, 메일을 보낼 수도 없는 상황인 것 같아. 단순히 기술적인 문제인 거지. 나는 너희 엄마가 약속하신 대로 3월 22일에 오신다는 데 걸겠다."

"아저씨는 될 거라고 말한다고 일이 다 잘 될 거라고 믿으세요? 타쿠아주와 조종사가 이타와파 위를 지나갈 때 엄마를 못 봤대요."

나는 눈물이 막 터져 나오려고 하는데, 경관이 어깨를 으쓱하며 말했다.

"경비행기를 타고 너희 엄마 오두막 위를 지나쳐 간 것뿐이잖아. 가는 데 10초, 오는 데 10초밖에 안 걸렸을 거야. 결론은, 그 타쿠 뭔가 하는 사람이 너희 엄마를 못 본 시간이 겨우 20초 정도라는 거지. 그건 아무 의미도 없어."

"하지만 49일째 소식이 없어요, 아구스토 아저씨. 20초가 아니라요, 그리고……."

눈물이 너무 많이 나서 숨이 막혔다. 내 앞에 있는 1급 수사관 아구스토 경관은 당황해서 어쩔 줄을 몰라 했다.

경관은 얼굴을 닦고, 내 어깨에 팔을 두를까 망설이다가 이내 마음을 바꿨다. 경찰답지 않은 행동이라고 생각했기 때문이리라. 손에는 아직 엄마 사진을 쥐고 있었다.

"자, 가자. 집까지 데려다 줄게."

"그럼, 우리 엄마는요?"

나는 온몸을 들썩이며 딸꾹질을 했고 끊임없이 코를 훌쩍였다.

"필요한 조치를 다 취할 거야. 걱정할 것 없어. 너희 엄마도 그렇게 말했잖아. 그 조종사 이름이나 다시 가르쳐 주렴.”

“체코에요.”

“엄마 사진은 내가 갖고 있을게. 혹시 모르니까…….”

경관과 함께 걸어가는데 길바닥을 가르기라도 하려는 듯 천둥이 사납게 내리쳤다. 우리는 물바다가 된 길을 건너 경관의 낡은 노란 폭스바겐 차에 도착했을 때는 둘 다 물에 빠진 생쥐처럼 쫄딱 젖어 있었다.

집 앞 길은 완전히 진창이 되어 있었지만, 폭풍우가 몰아쳐도 할아버지의 손님들은 아랑곳없이 기다리고 있었다. 진창을 헤치고 와서 문 앞에서 우산을 받고 기다리는 손님 수가 벌써 여섯 명쯤 되었다. 아구스토 경관은 그들을 신기하다는 듯 바라보았다.

“노인네 손님들이에요.”

“그래, 이제 알겠다! 자브로스키, 타로 카드건 뭐건 다 본다는 그 점술가!”

“네, 우리 외할아버지죠.”

“알겠다, 알겠어.”

와이퍼가 제대로 작동하지 않았고 천둥소리에 차가 들썩였다.

“있잖아. 내가 이 촌구석을 떠나게 해달라고 벌써 여러 달 전부터 상부에 요청을 하고 있거든. 그런데 아직 묵묵부답이야. 네 생각은 어떠니? 내가 너희 할아버지께 좀 여쭤보면 무슨 답이라도 좀……."

"생각도 하지 마세요, 아저씨. 노인네는 우주 제일의 뻥쟁이에요. 1초 후에 무슨 일이 일어날 지도 전혀 모르고, 그냥 머릿속에 떠오르는 대로 아무 말이나 막 한다고요."

아구스토 경관은 슬며시 웃으며 말했다.

"그럼 저 사람들은 다 뭐냐?" 경관은 우산을 받치고 한 줄로 기다리는 손님들을 가리켰다.

"저 사람들은 그 거짓말을 믿는 거죠."

나는 경관의 눈을 똑바로 바라보며 물었다.

"아구스토 아저씨, 그럼 나는요?"

"너는 뭐?"

"아저씨가 우리 엄마를 찾는 걸 도와줄 거라고 믿어도 될까요?"

"할 수 있는 건 다 할게, 꼬마 아가씨. 기적을 일으키는 것 말고는 다 해 볼게. 난 그저 말단 경찰이지만, 그래도 너한테 약속할게, 내가……."

그는 말을 다 마치지 않고 변명하듯 미소를 지어 보였다. 아침에 내가 파출소에 들어갔을 때 자기 혼자만 있는 게 미안하다는 듯 겸연쩍게 짓던 그 표정이었다.

20

>>> ··· <<<

아구스토 경관이 돌아간 뒤 나는 인터넷에 몇 분 동안 접속해서 이런저런 정보를 검색했다. 엄마한테서 온 소식은 여전히 없었다.

물이 불어난 카스타뉴 강둑길을 걸으며 하루를 보냈다. 뒤에서 페케누가 조그만 그림자처럼 따라다녔다. 나는 남자애들과 팔짱을 끼고 걸어 다니는 여자애들을 피해 다녔다. 그 애들은 큰 소리로 이야기하고, 까르르 웃음을 터뜨리고, 서로 껴안고 뽀뽀를 퍼부었다. 나는 그런 모습을 봐줄 기분이 전혀 아니었다.

벼락 맞아 부러진 커다란 나뭇가지들이 강물 위를 둥둥 떠다녔다. 나뭇가지들은 묵직한 소리를 내며 판자다리에 부딪쳤다가 물살에 실려 다시 떠내려갔다. 낚시를 하거나, 배를 타거나, 자맥질을 하는 건 생각조차 할 수 없었다. 낚시꾼들, 뱃사람들, 아이들은 강둑에 서서 조금은 허탈한 눈으로 강물을 빨아들일 듯이 세차게 휘감겨 돌아가는 물살을 바라보았다. 작은 배로는 그 물살을 배겨 낼 수 없을 것 같았다. 물살이 잦아들어 강이 원래대로 돌아올 때까지 기다려야 했다. 그저 강만 바라볼 뿐이었다.

그저 기다리기만 해야 하는 내 처지도 그들과 다를 바 없었다. 숨이 막힐 듯한 우기의 후텁지근한 더위 속에서 가슴이 메어 왔다. 그때 페케누가 갑자기 꼬질꼬질한 손을 내밀었다. 나는 그 손을 붙잡고 나란히 걸었다. 처음으로 나는 페케누가 고집스럽게 입을 꾹 다물고 있는 이유를 알 것 같았다.

오후 늦게 집 근처에 아구스토 경관의 노란 폭스바겐 차가 서 있는 걸 보았다. 나는 희망에 부풀어 집으로 뛰어갔고, 집 앞에서 나오는 경관과 마주쳤다. 경관은 나를 보더니 어린애처럼 얼굴을 붉히며 당황했다.

"도저히 참을 수가 없어서 와 봤어. 너희 할아버지한테 내가 다른 데로 전근갈 수 있을지 물어보고 싶었거든. 어쩌다 보니 할아버지한테 내 인생 이야기를 줄줄 늘어놓고 있더라고. 나는 어릴 적에 경찰이 아니라 사진작가가 되고 싶었거든. 신문에서 오린 사진들을 모았고 스크랩북을 가득 채워서 몇 권이나 갖고 있었지. 부모님은 못마땅해 하셨지만. 아버진 사진작가가 배고픈 직업이라고 하셨는데, 지금 나는 이런 촌구석에서 경찰 노릇이나 하고 있고, 내가 바라는 건 오로지 다른 데로 옮기는 거야."

"타로 카드를 골랐어요?"

"아니, 제일 비싼 점을 봤어. 그 납 꼬챙이로 하는 거 말이야. 시간을 들여서 이런저런 얘기를 해 주시긴 하던데, 횡설수설하셔서 무슨 말인지 하나도 모르겠더라."

경관이 하도 분통을 터뜨려서 나는 웃음이 터졌다.

"내가 그랬잖아요, 경찰 아저씨. 노인네 기술이 그거라니까요. 머릿속에 떠오르는 아무 말이나 늘어놓죠. 그렇게 5분쯤 지나면 다들 어리둥절해 하고, 노인네는 10레알을 챙기죠. 수많은 '예언'을 막 던지기 때문에 언젠가 하나쯤은 이루어져요. 그러면 사람들은 노인네가 용하다고 생각하고 다시 오는 거예요."

아구스토 경관이 쓴웃음을 지었다.

"딱 네가 말한 대로야. 미래는 통로에 지나지 않는다는 말을 먼저 하시더라. 그리고 내일은 24시간만 지나면 어제가 된다나. 뭐 그런 식이었어. 내가 알고 싶었던 건 전근이 정확히 어떻게 될까 하는 문제였거든. 그런데 도통 영문 모를 말만 늘어놓으시는 거야. '떠날 거야. 하지만 생각과는 많이 다른 곳일 거야, 젊은이. 아주 짧은 순간에 모든 일이 벌어질 수 있어. 인생의 흐름을 바꾸는 데는 0.5초면 충분하지. 중요한 건 그 순간을 잡는 거야. 적절한 시기를 놓치지 마.' 납 꼬챙이를 만지작거리며 그럴 듯하게 이야기를 하시는데, 나는 무슨 말인지 하나도 모르겠더라고."

경관은 어깨를 으쓱하며 손바닥에 묻은 납 부스러기를 물끄러미 바라보았다.

"탈리아, 너희 엄마 이야기도 물어봤어."

"우리 엄마요? 노인네가 뭐라고 하시던가요?"

"소식이 없어서 네가 엄마를 걱정한다고 했지. 할아버지는 네가 자꾸 도망치는 것 같고 속을 모르겠다고 하시더라. 파출소에 와서 무슨 얘기를 했는지 궁금해 하셨어."

나는 아구스토 경관을 쏘아보며 말했다.

"내가 파출소에 간지 노인네가 어떻게 알고요? 오늘 아침에 내가 집을 나섰을 때 카샤사 술에 절어서 자고 있었는데요."

"내가 말했어."

"직업상의 비밀을 아무한테나 털어놓으면 어떻게 해요!"

"아무나가 아니지. 너는 미성년자고, 그분은 네 할아버지니까 당연히 아셔야지. 그리고 난 할아버지의 충고를 실행에 옮기기로 했어. 일주일 휴가를 받아서 떠날 거야."

경관은 잠시 가만히 있다가 말을 이었다.

"이타와파 쪽으로 갈 거야."

나는 깜짝 놀라서 아구스토 경관을 쳐다보았다.

"이타와파라고요! 그럼 나도 아저씨랑 같이 갈래요."

"안 돼! 아무 것도 넘겨짚지 마. 나는 바닷가 근처에서 태어나서 쭉 거기서 살았어. 숲 깊숙한 곳에 가 본 적이 한 번도 없었지. 진짜 숲 말이야. 네 이야기를 듣다 보니 숲에 좀 더 가까이 가 보고 싶어졌어. 내 속에 있는 원주민 피 반 방울 때문에 그런 마음이 드는 지도 모르지."

"거짓말이에요. 우리 엄마 때문에 가는 거죠?"

"들어 봐, 나는……."

"거짓말이에요!"

경관은 한숨을 쉬며 말했다.

"화내지 마. 나는 그저 거기서 무슨 일이 벌어지는지 알고 싶을 뿐이야. 너랑 너희 엄마 때문이기도 하지만 무엇보다 나를 위해서 가고 싶어."

알메이다 아줌마의 탱고 음악 소리가 희미하게 들려왔다.

"뭔가 있어요. 네? 뭔가 새로운 사실들을 알게 됐는데, 나한테 이야기하고 싶지 않은 거예요, 그렇죠?"

경관은 눈길을 피했다.

"아니야. 그게 무슨 말이니? 그냥 내가……."

"아저씨는 거짓말을 못하는 사람이에요. 딱 봐도 알겠는데요."

"알았어, 알았다고! 체코라는 친구와 전화 통화를 했어. 그 친구가 이틀 전에 이타와파에 비행기를 몰고 한 번 더 돌아봤다더구나.

아주 낮은 고도로 날았다고 했어, 그런데……."

경관은 발끝을 쳐다보며 말을 이었다.

"처음에 갔을 때에 비해 달라진 게 없대. 아무 것도 못 봤다더라."

아구스토 경관이 무슨 이야기를 하는지 나는 선뜻 알아들을 수가 없어서 한동안 멍하니 있었다.

"미안해."

"그래서 어떻게 하려고요?"

말을 하니 목이 따끔거렸다.

"상황이 복잡해서 어디서부터 수사를 시작해야 할지 모르겠어. 또, 내 관할지역 밖이야. 그리고 무엇보다 공식적으로는 아무 일도 일어나지 않았어. 너희 엄만 가고 싶은 데 갈 권리가 있어. 숲을 실컷 돌아다닐 권리도 있고, 발전기가 고장 났다고 법에 걸리는 것도 아니야. 마침 내가 휴가를 안 쓴지 오래 된 게 떠오르더라고. 그래서 그쪽 지역을 한번 둘러보고 올 수 있을 것 같고……."

"나도 같이 갈래요."

"절대 안 돼. 네가 있어야 할 곳은 학교야. 산타 어쩌고 하는 기숙학교 말이야. 며칠만 기다리면 내가 너희 엄마를 찾아서 함께 돌아올게. 네 생일보다 조금 늦을지도 모르지만."

나는 경관에게 매달렸다.

"나도 같이 갈 거예요."

"이거 참, 탈리아, 이해를 좀 해 줘! 거기에 뭐가 있을지는 아무도 몰라. 그리고 난 네가……."

그는 말을 하다가 중간에 멈추고 팔 안쪽으로 얼굴을 닦았다.

"그러니까 내 말은……."

"아저씨가 무슨 말을 하고 싶은지 알고 싶지 않아요. 한 가지 확실한 건 나도 같이 갈 거라는 거예요. 아시겠어요?"

"나도 가겠소, 경찰 양반."

높은 곳에서 목소리가 들려왔다.

"그게 모두에게 좋을 것 같군."

헝클어진 머리에 수염을 기른 할아버지가 경관에게 말했다.

할아버지는 한낮이라서 놀란 올빼미처럼 눈을 끔뻑였지만, 어떤 말대꾸도 허락하지 않겠다는 단호한 눈길로 경관을 똑바로 쏘아보았다.

아구스토 경관이 한숨을 쉬며 말했다.

"그럼 마음대로 하세요. 내일 포르투 가브리엘에서 체코가 기다릴 거예요. 새벽 여섯 시에 만나기로 했어요. 제가 모시러 오죠. 탈리아는……."

"이 아이도 같이 갈 거야."

할아버지가 잘라 말했다.

"탈리아는 내가 책임지지."

지금껏 한 번도 들어보지 못한 말이었다.

21

>>> ··· <<<

일요일 새벽 여섯 시.

할아버지는 '미래를 보는 사람, 행복과 제물'이라고 쓴 간판을 뒤로 돌려, 서툰 글씨로 '일쭈일 문 닫습니다.'라고 썼다. 그런 다음 노란 폭스바겐에 몸을 실었고 아구스토 경관은 시동을 걸었다. 할아버지는 한쪽 구석에, 나는 다른 쪽 구석에 아무 말 없이 앉아 있었다. 가만히 간다는 건 참을 수 없는 일이라는 듯, 아구스토 경관은 대화를 해야겠다는 의무감에 불타올랐다. 조종사 체코에게는 어제 전화를 했고, 그 지역에서 가장 경험이 많은 조종사 중 하나라고 열을 내며 말했다. 조종사 경력이 30년이고, 숲의 상공을 수천 시간이나 날아다녔기 때문에 구석구석 아주 잘 알고 있다는 이야기도 했다.

내 귀에는 아무 말도 들어오지 않았다. 나는 오로지 그곳에서 어떤 일이 우릴 기다리고 있을지만 궁금했다.

포르투 가브리엘의 비행장은 세상 어디에서도 볼 수 없는 곳이었다. 양철로 만든 격납고는 잔뜩 녹이 슬었고, 활주로로 사용하는 들판은 진창에다가 나무로 빽빽이 둘러싸여 있었다. 그리고 들판 가장자리에는 물이 불어난 카스타뉴 강이 금세라도 덮쳐들 듯 사납게 넘실거렸다.

조종사가 우리를 기다리고 있었다. 볼록 튀어나온 배에 전체적으로 동글동글한 인상이었다. 내가 기대했던 날렵하고 전투적인 스타일이 아니었다.

조종사는 인사도 없이 불쑥 말했다.

"바로 가죠. 미적거릴 시간이 없어요. 저것 때문에……."

그리고 손을 들어 하늘을 가리켰다.

'저것'은 지평선을 가득 메운 검은 구름이었다. 바로 폭우가 퍼부을 것이라는 신호였다.

조종사 체코가 담담한 목소리로 말을 이었다.

"우박이 내리면 어떤 비행기라도 누더기가 될 거예요."

경관이 물었다.

"기다리는 게 낫지 않나요?"

조종사는 경관의 말을 못 들은 척 했고, 경관은 자동차 트렁크에서 사진기와 총을 꺼내서 챙겼다.

어느새 동쪽 하늘이 짙은 납빛으로 변해 있었고, 가까이에서 보니 비치크래프트 경비행기는 녹슨 격납고보다 더 상태가 심각해 보였다. 경관이 당황한 얼굴로 조종사를 바라보았다.

"저런 비행기를 탈 순 없어요!"

"타든가 남든가 하쇼, 경관님. 하지만 빨리 결정해야 할 거요. 기다리다 비가 쏟아지면 땅이 엉망진창이 돼서 비행기를 띄울 수가 없거든."

이제 구름 덩어리는 나무숲 바로 위까지 몰려와서 금방이라도 숲을 집어삼킬 것 같았다. 몇 분 후면 폭우가 쏟아질 터였다.

"얼른 타요!"

명령을 내린 다음 체코는 할아버지를 조종석 안으로 밀어 넣었고, 그 뒤를 이어 아구스토 경관이 몸을 구겨 넣었다. 나는 앞쪽 부조종사석에 앉았다.

"이 기계들이 어떻게 작동하는지 보여줄게. 다섯 살짜리 꼬마도 할 수 있을 거야."

그는 핸들 몇 개를 만지작거리고 버튼들을 꾹꾹 눌렀다. 비행기 안에 조그맣게 찍찍거리는 잡음이 들리기 시작했다.

"접속."

체코는 내 손을 붙잡고 열쇠에 가져다 댔다. 엔진이 폭발하는 소리를 내며 돌아가기 시작했고 고약한 기름 냄새가 났으며, 비행기가 금세 산산조각 나기라도 할 듯이 요동을 쳤다. 조종사가 출력을 높이자 엔진이 오른쪽 왼쪽으로 번갈아가며 윙윙거렸다. 그 사이에도 구름은 동쪽에서부터 계속 몰려오고 있었다. 강의 상공에서 번개가 하늘을 갈랐다.

조종사는 짧은 기도를 중얼거렸다.

"주여, 우리가 무사히 이륙하고, 착륙하고, 다시 돌아오게 하소서."

아구스토 경관이 볼멘소리로 쏘아붙였다.

"그것 참 좋은 생각이군요."

조종사 체코는 조종석에 매달아놓은 묵주를 어루만지고 성호를 그었다. 그런 다음 입안에 감초 줄기를 잔뜩 욱여넣고 씹기 시작했다.

아구스토 경관이 다시 제안했다.

"아무래도 기다리는 게 나을 거 같아요."

하지만 조종사는 계기판에 눈을 고정시킨 채 조종간을 천천히 밀었다. 비행기는 활주로 끝을 향해 덜덜거리며 굴러가다가 반 바퀴를 돌아 강을 등지고 섰다. 바람이 정면으로 들이닥쳤고, 앞쪽에 나무들이 벽처럼 둘러서 있었으며 폭우를 실은 구름이 바로 위에 있었다.

조종사는 대충 수리한 헬멧을 썼다. 그래 봬도 조종사용 헬멧이라 마이크가 대롱대롱 매달려 있었다.

"줄리엣, 유니폼, 알파. 활주로는 비었나?"(알파벳을 읽을 때 쓰는 무선통신 용어로 줄리엣(Juliett)은 J, 유니폼(Uniform)은 U, 알파(Alpha)는 A를 가리킴.-옮긴이 주)

직직거리는 잡음만 들리고 아무 대답도 없었다.

"누가 활주로에 다가올 지도 모르니까 물어보는 거야. 우리가 내려가 볼 수는 없잖아."

요란한 엔진 소리 때문에 체코는 고래고래 소리를 질렀다.

"아무도 대답을 안 하는군. 좋아, 이제 가자!"

나는 비행기 이름의 첫 두 글자, J와 U가 엄마 이름 후아나(Juana)와 똑같다는 생각을 잠시 했다. 이것은 어쩌면 신호일지 몰랐다. 하지만 무슨 신호일지는 알 수 없었다. 할아버지는 바깥을 뚫어져라 내다보고 있었다. 그렇게 아무 말도 없이 가만히 있는 모습은 처음 보았다.

체코는 출력을 최대치로 높였다. 엔진 소리가 고막을 터뜨릴 것처럼 시끄럽게 들려왔고 비행기는 땅바닥을 기어 다니는 거대한 벌레처럼 요동을 치며 제자리에서 맴돌았다. 그때 번개가 번쩍 쳤고 조종사가 브레이크를 풀자 비행기가 활주로를 돌진해 나갔다. 항공 표지와 나무들이 점점 더 빨리 지나갔다. 경관은 얼굴의 땀을 닦았고, 할아버지는 눈썹 하나 까딱하지 않고 앉아 있었으며, 조종사 체코는 감초 줄기를 우물거리며 씹어댔다.

벽처럼 늘어선 나무들이 빠르게 다가왔다. 그 다음은 가파른 낭떠러지였고 피하려면 빨리 움직여야 했다. 나는 좌석 팔걸이를 손이 으스러지듯 꽉 붙잡았고 소리를 지르지 않으려고 입술을 꽉 깨물었다. 비행기가 급상승하면서 바퀴가 나무꼭대기에 닿는 느낌이 들었고, 떨어지기 시작한 빗물이 조종석에 튀어 들어왔다.

조종사가 투덜거렸다.

"더러운 날씨야."

포르투 가브리엘에 폭우가 퍼붓기 시작하자 그는 비행기 기수를 왼쪽으로 돌렸다. 땅바닥은 순식간에 사라졌고, 빗물이 소용돌이를 이루며 넘쳐났으며, 하도 빽빽하게 내려서 덩어리처럼 뭉쳐있는 빗속으로 경비행기는 파고들어갔다. 창밖으로 날개 끝도 겨우 보일 정도였다.

조종사가 미리 주의를 주었다.

"약간 흔들릴 텐데……."

말을 채 마치기도 전에 비행기가 돌덩이 떨어지듯 낙하했다. 나는 비명을 지르고 또 질렀고, 잠시 후 비행기는 다시 날아올랐다. 엔진 소리보다 더 요란한 소리와 함께 번개가 쳤다. 비행기 동체가 앞뒤로 요동치고, 귀가 멍해지는 소리를 내며 두 날개가 덜덜 떨렸다. 체코는 계속 감초 줄기를 씹었다.

나는 팔걸이를 꼭 붙잡은 채 눈을 감고 엄마만 생각했다.

문득 비행기가 잠잠해진 것 같아서 다시 눈을 떴다. 오른쪽으로 언뜻언뜻 번개가 치는 검은 비구름 덩어리가 지나갔다. 날개 밑 세상에는 아무 것도 없는 것처럼 보였다. 물을 잔뜩 머금은 회색 풍경 속으로 모든 것이 사라진 것 같았다. 그리고 정면을 바라보니 청동색 하늘 아래 저 멀리 넓은 바다를 닮은 숲이 나타났다.

22

>>> ··· <<<

비행을 시작하고 두 시간이 지났다. 구름 사이로 햇볕이 아주 조금 비칠 뿐이지만 비행기 안은 찜통이었다. 뒤쪽에 앉아서 보이지는 않았지만 아구스토 경관이 땀을 줄줄 흘리고 있을 것 같았다. 할아버지는 창가에 붙어 앉아서 날개 밑으로 지나가는 숲을 바라보며 작은 병에 담아온 카샤사 술을 홀짝거렸다. 할아버지 가방에 술병만 가득 있는 게 아닌지 의심스러웠다.

가도 가도 숲밖에 없었다. 빽빽한 나무 사이를 구불구불 흐르는 강줄기에 중간 중간 끊어지긴 했지만 숲은 하늘 끝 지평선 너머까지 계속 이어졌다. 무성한 숲 사이에 드문드문 구멍이 난 것처럼 벌목꾼들의 임시 숙소에서 회색 연기가 흘러나오는 모습이 보이기도 했다. 조종사 체코는 아주 작은 마을 이름들까지 다 알고 있었고, 엔진 소리 때문에 고래고래 소리를 지르면서 바로바로 알려 주었다.

"트레스 마리아스……, 3주 전에 간 적이 있지."

할아버지가 갑자기 약간 멀리에 있는 나무가 듬성듬성한 지역을 가리키며 물었다.

"음, 저긴 빌라 나자레 아닌가?"

아침부터 내내 입을 꾹 다물고 있다가 처음으로 하는 말이었다.

체코가 돌아보았다.

"어르신이 그걸 어떻게 아세요?"

할아버지는 천진하게 웃으며 말했다.

"떠나오기 전에 지도를 보고 이름을 외워뒀지. 그냥 우연이야."

그리고 카샤사 술을 한 모금 마셨다.

나는 몸을 돌려 할아버지를 정면으로 바라보았다. 수백 만 평방킬로미터나 되는 숲 한가운데에 있는 작디작은 마을 이름을 우연히 알아맞힐 수 있는 사람은 아무도 없다. 한 번도 이야기한 적은 없지만, 할아버지가 예전에 수많은 경험을 했고 다른 인생을 살았을지도 모른다는 생각을 하니 갑자기 오싹한 기분이 들었다. 그러고 보니 뭔가 미심쩍은 부분이 있었다. 타로 카드를 뽑아서 점을 보던 날 할아버지가 했던 말이었다.

'다른 갈 만한 데도 엄청나게 많았거든. 그런데 왜 그 빌어먹을 이타와파를……?'

할아버지는 왜 '빌어먹을'이란 말을 붙였을까? 혹시 이타와파에 대해 뭔가 알고 있는 게 아닐까?

체코는 커다란 먹구름 덩어리를 여러 번 피해갔다. 그런 다음 방향을 재조정하고 내게 여러 가지 주의 사항을 알려주었다.

"나침반에서 눈을 떼지 마라. 북북서로 325도야. 고도도 주의해서 지켜 봐. 3200피트, 그보다 높아서도 낮아서도 안 돼. 들쑥날쑥하지 말고 계속 유지해야 해."

그러고는 조종에는 별로 관심이 없다는 듯 무심한 얼굴로 내게 조종간을 넘겨주었다.

잠시 후 아구스토 경관이 말했다.

"보이는 게 숲밖에 없네요."

체코가 낄낄대며 대답했다.

"관찰력이 좋으시구먼! 그럼 뭘 기대했소? 맨해튼, 에펠탑, 붉은 광장 위를 날고 있는 줄 알았나?"

아구스토 경관이 체코를 쏘아보았다.

"좀 전까진 더러 마을도 나오고 야영지도 나왔는데, 지금은 숲밖에 없단 말이죠."

"내가 이 숲 위로 경비행기를 몰고 다닌 지 이제 30년째요, 경찰 양반. 그런데 이타와파보다 더 외진 곳은 없소. 그냥 하는 얘기가 아니야. 여기서 가장 가까운 마을이, 그걸 마을이라고 불러야 할진 모르겠소만, 보아 에스페란사라오. 머리가 반쯤 돈 금을 찾는 사람들 몇몇이 거기 모여서 강바닥을 뒤지고 있지. 가망이 거의 없는데도 말이오. 이타와파에서 거기까지 비행기로 거의 한 시간은 떨어져 있소. 숲을 통과해서 그 길을 걸어서 가면 여러 주가 걸리지. 물론 가다가 죽지 않는다면."

조종사가 갑자기 말을 멈췄다.

"꼬마 아가씨, 너 항로를 잘못 잡았구나."

"내 이름은 탈리아예요."

"그래, 그리고 내 항로는 325도야."

나는 항로를 바로잡았다. 엔진이 기분 좋은 부릉부릉 소리를 냈고, 비행기 날개 아래로 숲이 지나갔다. 그 순간에는 모처럼 엄마 생각이 나지 않았다.

할아버지가 물었다.

"저건 뭔가?"

지평선 가까이에 절단기로 자른 듯이 반듯하고 시커먼 자국이 있었다. 그곳을 중심으로 여기저기에서 연기가 모락모락 피어올랐고, 그 위로 두터운 먼지구름이 떠다녔다.

조종사 체코가 대답했다.

"엑스플로라도르 2000이에요. 아메라다 석유회사에서 하는 대공사 현장이죠. 그 회사 소속 지리학자들이 여기 지하에 원유가 잔뜩 묻혀있다고 했는데, 지금까지는 그렇게 대규모 유전을 발견하진 못했어요. 그래도 일확천금을 노리면서 바닷가까지 송유관을 건설하려고 하죠. 원유를 가득 담은 2000킬로미터가 넘는 송유관이 숲 한가운데를 통과하는 거예요. 밤낮없이 불기둥이 솟고, 나무 수십만 그루가 뽑혀 나가고, 가난한 인부들 수천 명이 저기서 여러 달 동안 고생하게 되겠죠."

"자네도 저 회사를 위해서 일하나?"

"농담도 잘하시네요. 저 회사엔 전용 비행기도 여러 대 있고, 헬리콥터도 엄청 많아요. 전용 활주로는 물론이고, 보안 서비스도 자체적으로 운영하죠. 식량은 미국에서 직접 공수해 온대요. 이 모든 게 정부의 보호 속에서 이루어진 거고요. 인디아는 석유개발계획에 무척 반대했지만 상대도 안 됐어요. 생각해 보세요! 한쪽은 원주민 한 명, 다른 한쪽은 수백 만 달러가 걸려있는데 어느 쪽이 이기겠어요?"

체코가 내 쪽으로 몸을 돌리며 말했다.

"미국인들이 이 숲에 자리를 잡았다는 건 말이야, 꼬마 아가씨. 이타와파에서 석유 유전을 발견하고 자기네 앞마당으로 삼을 거란 얘기야. 너희 엄마가 애지중지하는 원주민은 짐을 싸서 나가야 할 게다."

엑스플로라도르 2000의 검은 선이 숲을 갈라놓고 있었다. 칼로 베어낸 것처럼 폭력적으로 보였다. 아구스토 경관은 그 광경을 카메라로 찍고 또 찍었다. 그 사이 조종사는 내가 설정해 놓은 항로를 다시 고쳤다.

잠시 후 체코가 말했다.

"이제 내가 조종간을 잡을게. 조금 있으면 도착한다."

갑자기 불안감이 밀려왔다. 우리가 어디를 가는지 이타와파에서 무엇을 찾아야 할지를 조종하는 동안에는 잊고 있었다.

"이타와파가 어느 쪽에 있어요?"

"네가 항로를 제대로 잡았다면 우리 바로 앞에 있어."

가슴이 미어지는 것 같았다.

"아무 것도 안 보이는데요."

체코가 살며시 미소 지었다.

"당연하지, 얘야. 뱀들은 눈보다는 감으로 길을 찾는다잖아. 여기선 코를 들이밀고 아주 가까이에서 살피기 전까지는 아무 것도 보이지 않는단다. 착륙 지점을 찾을 때도 똑같아."

비행기가 내려가기 시작했다. 나는 모든 일이 다시 제자리로 돌아가는 걸 잠깐 상상해 보았다. 엄마가 비행기 소리를 듣고 오두막 문간으로 나오고, 우리에게 크게 손짓을 한다. 그리고 나는 뛰어가서 엄마를 꼭 안는다.

비행기는 계속 내려갔고, 이제 나무 꼭대기가 선명하게 보였다. 비행기가 지나가자 새들이 놀라서 푸드덕거리며 도망을 갔다. 숲 한가운데 작은 빈 틈새가 보였다.

조종사 체코가 말했다.

"저기로 가야 해."

비행기가 선회하자 나무 숲 가운데 폭 파묻힌 오두막 한 채가 나타났다. 움직이는 건 아무 것도 없었다. 나는 뱃속이 뒤틀리는 것 같았다.

"저기가 활주로야."

그나마 풀이 덜 자란 정사각형의 풀밭이었는데, 무성한 숲 사이에 있어 겨우 분간할 수 있을 정도였다.

아구스토 경관이 갈라진 목소리로 외쳤다.

"저런 곳엔 착륙할 수 없어요!"

체코가 웃으며 말했다.

"그럼 내가 저 옆쪽에 착륙했으면 좋겠어요?"

체코는 바로 옆에 있는 낮은 길을 가리켰다. 그 길은 '활주로'보다 백배는 더 좁고, 천배는 더 풀이 무성해 보였다.

체코가 무뚝뚝하게 덧붙였다.

"활주로가 잘 유지되지 않는데 어쩌겠소. 하지만 난 더 상태가 심한 데서도 해 봤으니 착륙은 할 수 있을 거요."

찜통 같이 더웠지만 나는 등골이 오싹해졌다.

"오랫동안 활주로가 관리되지 않았다는 말씀인가요?"

체코가 씹던 감초를 조금 뱉으며 말했다.

"솔직히 말하자면 네 말이 맞아. 그냥 봐도 서너 주는 풀을 베지 않은 것 같구나. 하지만 별로 의미는 없어. 너희 엄마가 비행기를 기다리는 게 아니라면 활주로를 관리할 이유가 전혀 없으니까."

비행기는 한 바퀴 더 돌아서 바람이 불어오는 쪽으로 방향을 잡았다. 조종사는 엔진 출력을 낮췄고 비행기는 나무 바로 위에서 꼭 대기에 닿을 듯 양옆으로 흔들렸다. 그렇게 잠시 공중에 떠 있더니 갑자기 밑으로 뚝 떨어졌다. 고막이 터질 듯한 경고음이 울리자 조종사는 몇 초 동안 출력을 높였다. 다시 비행기가 안정을 되찾았고 제동장치에서 삐걱거리는 소리가 났다. 그리고 어떻게 했는지 알 수 없지만 우리는 어느새 착륙해 있었다. 비행기는 사방으로 요동을 쳤고 양 날개로 풀을 쓰러뜨리면서 앞으로 나아갔다.

체코는 커튼처럼 둘러선 나무숲 앞에서 비행기를 세우고, 엔진을 끄고 조종석의 문을 열었다. 모든 것이 잠잠해진 가운데 짓눌릴 듯 더웠고, 동물과 곤충들이 우짖는 소리가 울려 퍼지고 있었다.

나는 입술을 꼭 깨물었다. 심장은 터질 듯이 빠르게 뛰고 있었다. 할 수만 있다면 어디론가 사라졌으면 좋겠다고 생각했다.

조종사 체코는 땅바닥에 발을 딛고 어색하게 웃으며 내게 손을 내밀었다.

"여자 분부터 먼저 내리세요. 이타와파에 오신 걸 환영합니다!"

Ⅲ

이타와파
세상의 끝

23

>>> ··· <<<

오두막은 100미터 정도 떨어져 있었고 문이 반쯤 열려 있었다. 아구스토 경관이 나를 붙잡으며 말했다.

"기다려. 내가 먼저 가 볼게."

그는 내 눈길을 피했지만, 나는 범죄 수사물을 많이 봐서인지 경관의 생각을 알 것 같았다. 아구스토가 밀자 문이 삐거덕거리는 소리를 내며 겨우 드나들 수 있을 정도로만 열렸다. 나는 안에 뭐가 있는지 상상조차 하기 싫어서 두 눈을 꼭 감고 타쿠아주가 했던 말을 조그맣게 되뇌었다.

'후아나 씨는 나만큼이나 숲을 아주 잘 알지.'

엄마에겐 아무 일도 일어나지 않았어.

잠시 후 경관이 나오면서 말했다.

"괜찮아. 들어가도 돼."

처음에는 어두워서 아무 것도 보이지 않았지만 점점 눈이 적응되어 물건들이 보이기 시작했다. 해먹, 건들거리는 탁자, 철제 트렁크, 석유램프, 이 빠진 거울, 등 받침 없는 의자 두 개, 선반 위에 꽂힌 쭈글쭈글한 책 몇 권, 이끼로 반쯤 덮인 벽……. 엄마의 집은 무척 남루했다.

나는 거울에 비친 내 모습을 무심코 봤다가 뛸 듯이 놀랐다.

처음으로 내가 엄마의 원주민 피를 고스란히 물려받았다는 생각이 드는 모습이었다. 엄마와 똑같은 눈빛, 똑같은 입, 똑같은 피부, 똑같은 분위기……. 내 원주민 유전자가 여태껏 숨어 있다가 한꺼번에 튀어나온 듯한 느낌이 들었다. 내가 이타와파에 발을 들여놓았기 때문인 걸까?

거울 옆 벽에는 엄마가 떠나오기 며칠 전에 나랑 함께 찍은 사진이 압정으로 붙어 있었다. 그때 우리는 카스타뉴 강에서 헤엄을 쳤고, 나는 바위 위에 카메라를 놓고 타이머를 맞췄다. 그러고 나서 엄마에게 돌아가다가 나뭇가지에 발이 걸려 넘어졌다. 그 결과 첫 번째 사진에서 나는 땅바닥에 뻗어있고 엄마는 배를 잡고 웃고 있었다. 그리고 두 번째 사진에서 우리는 머리카락이 젖은 채로 얼싸안고 활짝 웃었다. 나는 엄마 어깨에 머리를 기대고 있었다.

같은 쪽 벽에 손으로 그린 지도 같은 것이 붙어 있었다. 지도에는 온갖 기호와 점, 십자표와 선이 잔뜩 그려져 있었다. 오두막의 위치, 비행기 이착륙장, 아래쪽을 구불구불 휘돌아 도는 개천도 표시돼 있었다. 나머지 부분에 있는 선들은 숲을 가로지르는 오솔길

들인 것 같았지만, 언뜻 보기만 해서는 우뚝우뚝 서 있는 나무들 말고는 주변에 아무 것도 없는 것 같았다. 가장 위쪽과 왼쪽에 'V. M'이라는 글자와 빨간 화살표가 있었는데 지도 바깥에 있는 한 지점을 가리키는 것 같았다.

조종사 체코가 다가왔다. 그는 오두막을 죽 둘러보더니 처마 밑의 기둥 하나를 휘감고 올라가는 초록색 줄기를 뽑아 버렸다. 널빤지 사이사이로 식물들이 파고 들어왔고 땅바닥을 기어가며 자라고 있었다. 조금 있으면 집안이 온통 식물로 뒤덮일 것 같았다. 조종사와 내 눈길이 마주쳤다.

"집안 꼴이 이런 건 엄마가 오래 전부터 없었단 얘기죠?"

체코는 눈을 피하지 않고 대답했다.

"그럴 수도 있지. 이런 곳에 살면 풀을 신경 써서 없애거든. 내버려 두면 순식간에 집안을 뒤덮으니까."

"이렇게 높이 자라려면 시간이 얼마나 걸려요?"

조종사는 머뭇거렸다.

"말하기가 어려운데……."

"진실을 말해 줘요."

체코가 마지못해 대답했다.

"한 서너 주 걸리려나. 활주로랑 마찬가지야. 하지만 꼭 그런 것만도 아니야. 비가 얼마나 자주 오는지, 너희 엄마 습관이 어떤지, 그런 많은 변수가 있거든. 자, 이제 짐 내리는 걸 도와 다오. 난 다시 가야 해."

오두막을 나오면서 발전기를 보았다. 고장 나서 속을 썩인다던 바로 그 발전기였다. 발전기에도 풀과 이끼가 촉수처럼 무성하게 붙어 있었다. 그 위에 커다란 초록색 이구아나 한 마리가 버티고 앉아 텅 빈 눈으로 나를 바라보다가 나뭇잎 부스럭거리는 소리를 내며 멀어져 갔다.

해먹, 모기장, 전등, 통조림, 구급함, 위성 전화……. 우리는 재빨리 짐을 내려서 이착륙장 가장자리에 부렸다. 아구스토 경관은 커다란 카메라를 신줏단지 모시듯 소중하게 품었고, 매순간 위험이 닥치기라도 하는 것처럼 손에서 총을 내려놓지 않았다.

"다들 정말 괜찮겠어요?"

조종사 체코가 처음으로 걱정하는 얼굴로 물었다. 평소에 태우고 다니는 승객들은 금광 탐사자, 모피상, 과학자 등 숲을 잘 알고 위험에 대처할 줄 아는 사람들이었다. 우리처럼 초보자들은 없었다. 게다가 경관, 노인에 '꼬마 아가씨'라니.

할아버지는 고개를 끄덕이며 눈을 찡긋했다.

"이런 고생쯤이야 많이 해 봤으니까……."

할아버지가 무슨 말을 하는 걸까? 타로 점을 치며 숲에서 적응하는 법을 배운 건 아닐 텐데. 하지만 체코는 할아버지의 대답에 안심하는 눈치였다. 만났을 때도 인사를 건너뛰더니 헤어질 때도 마찬가지였다. 그는 조종석에 올라가서 우리에게 손짓하며 말했다.

"일주일 후에 다시 들를게요. 시간이 있으면 활주로를 조금만 치워주세요. 나중에 착륙할 때 비행기가 좀 덜 부서지게요. 문제가 생기면 위성 전화를 이용하세요. 배터리가 떨어지지 않게 조심해요. 여긴 AS 센터 같은 게 없으니까요. 행운을 빌어요!"

조종사 체코는 비행기의 시동을 걸고, 묵주를 어루만진 다음 새 감초 줄기를 입안으로 욱여넣고 손으로 신호를 보냈다. 엔진이 부릉거렸고, 비행기는 '활주로'를 달리다 수풀 한가운데서 솟구쳐 올랐다. 나무 꼭대기의 잎들을 떨어뜨리며 가까스로 이륙한 비행기는 방향을 돌려 두 날개를 기우뚱거리며 우리에게 작별인사를 건넸다. 시끄러운 엔진소리가 조금씩 잦아들다 사라지고 어느새 숲의 소리만 들려왔다.

동물들이 울부짖는 소리, 쩍쩍, 딱딱, 윙윙대는 소리……. 언제 죽을지 모르는 숲 속에 숨어있는 생명들이 내 심장 뛰는 소리만큼이나 큰 소리로 살아있음을 알리고 있었다.

24

>>> ··· <<<

아구스토 경관은 1초도 지체 없이 곧바로 '수사'를 시작했다. 이 타와파에 도착하고 나서 처음으로 그는 총과 카메라를 내려놓고 온갖 곳을 뒤지기 시작했다. 규칙에 따라 수색을 하고 있는 것 같았다. 먼저 엄마의 철제 트렁크를 열고 책 여러 권과 비상약 주머니, 옷, 속옷 등을 꺼냈다. 경관이 그렇게 하는 것이 나는 마음에 들지 않았다. 아무리 경관이지만 엄마의 물건들을 함부로 꺼낼 수는 없다.

나는 트렁크를 다시 닫았다. 급하게 닫는 순간에 가까스로 손을 뺀 아구스토 경관이 내게 물었다.

"무슨 문제라도 있니, 꼬마 아가씨?"

"내 이름은 탈리아고요, 이 물건들 아저씨 것 아니잖아요."

"사건을 조사할 수 있는 유일한 방법이라서 그래."

"수색 영장은 있어요?"

내 말에 아구스토 경관이 웃었다. 나는 '수색 영장'이 뭔지 정확히 몰랐지만, 엄마가 모아 놓은 범죄 소설들에서 그 단어를 봤다.

"보게 해 줘. 그게 내 일이야. 좀 전에도 말했지만 무슨 일이 벌어졌는지 알 수 있는 유일한 방법이라니까……."

"우리 엄마의 브래지어 속을 뒤지게요?"

경관의 얼굴이 갑자기 새빨개졌다.

"뒤지는 건 내가 할 거예요. 아시겠어요?"

그는 잠자코 물러났고 나는 트렁크 앞에 무릎을 꿇고 앉아 속을 뒤지다가 흥미로워 보이는 물건들을 하나씩 경관에게 건넸다.

경관은 뭔가 잔뜩 쓰인 수첩들을 획획 넘기며 말했다.

"이 수첩을 읽어 봐야겠다. 너희 엄마가 며칠씩 숲에 가는지 알아낼 수 있을지 몰라. 적어도 어떤 곳을 관찰했는지는 확실히 알수 있겠지. 어디를 갔는지, 가장 중요하게 여긴 곳들이 어디였는지 알아보고 벽에 붙어 있는 지도랑 비교해 봐야겠어. 또 해야 할 일은 네가……."

그 다음부터는 경관의 말이 귀에 들어오지 않았다. 물건들에 습한 흙냄새가 배어 있었지만 엄마의 향수 냄새가 은은하게 풍겼기 때문이다. 나는 냄새에 좀 더 집중하려고 눈을 감고 트렁크 안쪽을 뒤져서 엄마가 늘 몸에 지니고 다녔던 조그만 향수병을 찾아냈다. 니나리치의 레르뒤탕이었다. 엄마와 함께 레오포우지나에 있는 유일한 향수 가게에 가서 샀다. 섬세하게 꾸며진 병이 예뻐서 고른 것이었다. 향수병만 봐도 엄마의 눈빛, 목소리, 약간 쉰 듯한 웃음소리, 나를 바라보던 엄마의 눈길이 떠올랐다. 어렸을 적에 나는 새 모양의 향수병 뚜껑에 홀딱 빠져서 뚜껑만 가지고 여러 시간을 놀았었다. 엄마가 목덜미에 향수를 뿌릴 때 조그맣게 났던 '쉿' 소리를 떠올렸다. 울티모를 찾으러 숲에 들어가기 전에도 엄마는 향수를 뿌렸을지 궁금했다.

나는 향수병을 부적처럼 내 주머니에 넣었다.

경관이 헛기침을 했고 나는 다시 트렁크를 뒤지기 시작했다. 섬세한 니나리치 향수병과는 전혀 어울리지 않는 두꺼운 천으로 만든 튼튼한 작업복이 몇 벌 있었다. 아마존 원주민 일족의 언어인 자라와라 어와 포르투갈 어 사전과 내 사진, 그리고 방수 케이스도 있었다. 엄마는 방수 케이스 안에 카메라와 노트북을 넣어 두었다. 노트북은 그렇다 쳐도 카메라를 두고 간 것이 놀라웠다. 레오포우지나에서도 카메라를 한시도 떼놓지 않고 가지고 다녔는데, 카메라 없이 숲 속으로 들어갔을 리가 없었기 때문이다.

아구스토 경관이 노트북의 전원을 눌러 보더니 한숨을 쉬며 말했다.

"배터리가 없구나."

그는 어깨를 으쓱하고 전문가다운 태도로 카메라를 살펴보았다.

여기저기 긁혀서 흠집이 난 펜탁스 카메라였고 엄마가 이타와파에 처음 머물렀을 때부터 계속 가지고 다녔던 것이다. 카메라 배터리도 다 떨어져 있었다.

"아저씨 카메라에 이 메모리 카드가 들어갈 것 같은데요. 아저씨는 충전된 배터리도 있잖아요."

"맞아. 내 카메라랑 메모리 카드가 같아."

아구스토 경관이 내 머리를 톡톡 두드리며 말했다. 참을 수 없는 행동이었다.

"잘 했어, 꼬마 아가씨."

그는 중얼거리며 자신의 카메라에 엄마의 메모리 카드를 넣었다. 나는 카메라를 빼앗으며 소리쳤다.

"하지 마요! 우선 내 이름은 탈리아예요. 알겠어요? 탈-리-아. 머릿속에 단단히 새겨두라고요! 그리고 아저씨가 날 건드리는 게 싫어요. 마지막으로 이건 우리 엄마 사진이니까 내가 볼 거예요. 됐어요?"

경관은 항복을 하는 것처럼 두 손을 올리며 말했다.

"알았다, 알았어, 탈리아. 그런 사소한 일로 화 내지 마. 그리고 조심해서 봐, 그건 전문가용 카메라라서 내가……."

메모리 카드에는 사진이 네 장밖에 없었다. 나는 두근거리는 가슴으로 화면에 사진을 하나씩 띄워서 살펴보았다.

첫 번째 사진은 3월 2일에 찍은 것이었다. 화면 아래쪽에 찍힌 시간을 보니 오전 9시 48분 27초였다.

아구스토 경관은 멀찍이 떨어진 채 사진을 보며 중얼거렸다.

"거의 3주 전이구나."

할아버지가 다가와서 내 어깨너머로 사진을 봤다. 사진 속에는 초록색 숲 말고는 아무 것도 없었다. 이리저리 뒤엉킨 나뭇가지와 넝쿨들, 사방에 어지럽게 자란 식물과 양탄자처럼 두껍게 낀 이끼……. 중앙에 뱀처럼 꼬이고 감기면서 자란 회색 나무줄기가 있었다. 별로 흥미로울 게 없었고 그건 엄마도 잘 알고 있었을 터였다. 그런데 왜 엄마는 이렇게 평범한 사진을 찍었을까?

이어지는 사진 두 장도 무척 비슷했다. 같은 장소에서 불과 몇 초 후에 찍은 것들이었다. 나무도, 넝쿨도, 회색 나무줄기도 모두 같았다.

네 번째 사진에는 회색 나무줄기가 없었지만 같은 장소를 다른 각도에서 찍은 것 같았다. 그 사진도 흥미를 끌 건 하나도 없었다. 엄마는 일정 기간이 지나면 쓸모없는 사진들을 지우곤 했다. 그런데 이 네 장은 왜 놔뒀을까? 이 사진들은 왜 찍은 걸까?

할아버지가 낮은 목소리로 말했다.

"첫 번째 사진으로 다시 돌아가 봐."

할아버지는 낡은 안경을 꺼내 쓰고 화면을 뚫어져라 쳐다봤다.

"여길 봐. 뭔가 있어. 여기……."

경관이 목을 외로 꼬고 할아버지의 손가락 끝을 바라보았다. 무성한 숲 속에 뭔가 작은 점이 있었다.

25

>>> ... <<<

나는 작은 점을 최대한 키워 보았다. 우리는 말문이 막혔고 오싹한 기운을 느꼈다.

어둠 속에 반쯤 가려진 노인 하나가 수수께끼 같은 눈빛으로 렌즈를 똑바로 바라보고 있었다. 얼굴에 주름이 자글자글하고, 이마와 양쪽 뺨, 턱에 붉은색과 검은색 문양이 그려져 있었다.

울티모였다.

심장이 가슴을 뚫고 튀어나올 기세로 뛰기 시작했다. 할아버지는 화면에서 눈을 떼지 않으며 중얼거렸다.

"그렇군. 맞아, 그 사람이야……."

할아버지의 목소리가 떨렸다.

"그 사람이라뇨?"

할아버지는 얼버무리며 어물쩍 넘어갔다.

"아무 것도 아니야. 내가 오래 전에 봤던 사진에 이 사람과 닮은 원주민이 있었단 얘기야. 얼굴에 같은 문양을 그려 넣었고……. 이 색깔들은 풀을 찧어서 만든 거야. 옛날 생각이 나네."

할아버지는 살며시 웃으며 얘기하다가 눈길을 돌렸다. 어떻게 그런 걸 알게 되었을까? 나는 할아버지가 지난 인생을 통째로 감추고 있다는 느낌이 들었다.

울티모는 두 번째, 세 번째 사진에도 있었다. 나뭇가지 사이에 반쯤 가려진 채, 알 수 없는 표정으로 렌즈를 똑바로 쳐다보고 있었다. 얼굴에 그려진 문양 때문에 약간 무서워 보이기도 했지만, 무엇보다 무슨 생각을 하는지 표정을 읽을 수 없었다. 엄마의 존재를 알아차렸는지조차 가늠할 수 없었다. 엄마가 망원렌즈로 찍었을 터였기 때문에 사진이 찍히는지도 모르고 있을 것 같긴 했다.

하지만 할아버지는 고개를 저었다.

"원주민들에 대해 몰라서 하는 소리야. 탈리아, 이 남자는 후아나가 어디에 있는지 아주 잘 알고 있단다. 아마 후아나가 그를 보기도 전에 먼저 알고 있었을 게다."

첫 번째 사진을 찍고 3분 후에 찍은 마지막 사진을 보니 할아버지 말이 이해되었다. 울티모는 사진이 뭔지는 분명 모르는 것 같았다. 하지만 3월 2일 아침 9시 52분 3초, 셔터를 누르는 순간 울티모는 엄마의 위치를 확실히 파악했다. 여전히 아무런 감정 없는 수수께끼 같은 표정이었지만, 그늘에 묻힌 어깨에 활이 메여 있었다. 울티모는 시위를 팽팽하게 당기고 카메라 쪽을 향해 화살을 겨누고 있었다. 화살촉이 바로 엄마를 향해 있었다.

나는 비명을 내질렀다. 나뭇가지 사이에 숨은 원주민, 팽팽한 활시위, 엄마를 겨눈 화살……. 내가 레오포우지나에서 꾸었던 악몽과 세세한 부분까지 똑같았다. 갑자기 할아버지가 '신의 집'이라는 타로 카드를 뒤집으면서 했던 말이 섬광처럼 떠올랐다.

'누군가 네 엄마의 목숨을 위협하든가, 아니면 앞으로 위험하게 만들 거야. 그래도 나는 아무 것도 할 수 있는 게 없어.'

다리가 휘청거려서 할아버지 팔을 꽉 붙잡았다.

할아버지는 고개를 저으며 웅얼거렸다.

"아니, 탈리아, 아니야. 그랬을 리 없어. 만약, 만약 이 남자가 활을 쐈다면 후아나가 돌아와서 여기에 카메라를 둘 수가 없었겠지."

나는 천천히 숨을 다시 쉬기 시작했다.

맞아, 그렇지. 내가 거기까진 생각하지 못했지만 할아버지 말이 맞아.

또 하나 분명한 건 이 사진 이후로 엄마의 흔적이 더는 없다는 것이었다.

"이제 우리 뭘 해야 할까요?"

아구스토 경관이 총을 다시 들고 곧 누가 공격해올 것처럼 두리번거리며 말했다. 할아버지는 술병 뚜껑을 열고 한 모금 홀짝거린 다음 손등으로 입을 닦았다.

"후아나를 찾아야지. 아무 일 없을 거야. 내가 장담하지."

할아버지는 무척 자신감이 있어 보였다.

"점괘에 그렇게 나왔어요?"

내가 쏘아붙이는 말투로 물었지만 할아버지는 어깨를 으쓱할 뿐이었다.

"후아나에게 뒤를 밟힌 이후로, 울티모는 마음만 먹으면 후아나를 열 번 백 번이라도 죽일 기회가 있었을 거야. 그런데 왜 하필 사진 찍는 그 순간을 기다렸을까?"

할아버지 말에 수긍할 수밖에 없었다. 그렇다면 엄마에게 무슨 일이 벌어진 걸까? 바람 소리에 숲을 바라보았다. 뱀에 물리거나, 추락하거나, 나침반이 고장 나는 등 숲에서는 수많은 일들이 벌어질 수 있다. 아주 사소한 사고도 큰 비극으로 이어지는 이런 외딴 곳에서 혼자 사는 건 정말 정신 나간 짓이다.

26

⋙ ⋯ ⋘

아구스토 경관이 차가운 강낭콩 통조림을 땄다. 먹을 만한 것이 아니기도 했지만 아무도 배가 고프지 않았다. 엄마에게 겨눈 화살이 계속 눈앞에서 어른거렸다. 숲은 우리를 포위하고 있었고 오솔길의 흔적조차 보이지 않았다. 뭘 해야 할지 갈피조차 잡을 수 없었다. 어디서부터 시작할까? 어디로 갈까? 어디를 수색할까?

아구스토 경관은 전형적인 도시 사람이었다. 숲에서 나는 소리들 때문에 스트레스를 받았고 무성한 식물들을 무서워했다. 그는 숲 쪽을 흘끗 쳐다보더니 바위에 붙은 조개처럼 총에 매달렸다. 수사관 업무를 보며 여러 증언을 모으고 주변 사람들을 탐문하는 데는 익숙하지만 이곳에는 아무도 없었다. 증인이라고 해 봐야 파란 화살처럼 하늘을 재빨리 날아다니는 금강앵무들밖에 없었다.

갑자기 오두막 안이 갑갑하게 느껴졌고 더 있을 수가 없었다. 할아버지와 아구스토 경관의 눈길이 닿지 않는 곳에서 혼자 있고 싶었다. 나는 딱딱하게 굳은 강낭콩을 내버려 두고 아무 말 없이 집밖으로 빠져나왔다.

얇은 구름층이 돋보기처럼 햇빛을 굴절시키고 한데 모으는 탓에 숨이 턱턱 막힐 정도로 더웠다. 나는 축 늘어진 채 오두막 벽에 등을 기대고 앉았다. 어느새 다시 자리를 잡은 커다란 초록 이구아나 한 마리가 나를 바라보았다. 찜통 같은 더위에 이구아나도 넋이 나간 것처럼 보였다. 나는 귀를 찌르는 곤충 소리를 들으며 눈을 감았다. 이상하게도 페케누 생각이 났다. 레오포우지나에 버려진 원주민 꼬마와 우리 엄마 사이에 무슨 관계라도 있는 것처럼 말이다. 페케누가 무척 심각한 표정으로 내 옆에 앉아 있다가 내 손을 슬그머니 잡던 생각이 났다. 이제야 그 아이의 심각한 얼굴이 외로움 때문이었다는 걸 알 것 같았다. 페케누는 대여섯 살에 벌써 울티모처럼 끔찍이 외로운 처지가 되었다. 페케누와 울티모. 꼬마와 최후의 인간. 두 사람의 얼굴이 조금씩 겹쳐졌고, 하나가 다른 하나를 대신하기도 하더니, 약간 흐릿한 울티모의 모습이 떠올랐다. 얼굴에 있는 문양, 팽팽하게 당긴 활시위, 숲 속에 감쪽같이 몸을 숨기는 방식……. 나는 휘둥그레진 눈으로 벌떡 일어났다. 분명 어디선가 나를 쳐다보는 눈길이 느껴져서 심장이 빠르게 뛰었다.

빽빽한 나무숲 뒤에 울티모가 숨어서 엄마를 지켜봤던 것처럼 나를 보고 있는 건 아닐까? 나는 주위를 두리번거리며 살펴보았지만 움직이는 것 하나 없었다. 나무들은 부드럽게 술렁거리는 소리를 냈고, 곤충들이 시끄럽게 울어댔으며, 커다란 초록 이구아나는 여전히 꿈쩍 않고 태평하게 나를 지켜보고 있었다.

오두막의 널빤지 벽에 머리를 대고 심장의 고동이 잦아들기를 기다렸다. 엄마는 9시 52분 3초에 셔터를 눌렀다. 그 다음엔 무슨 일이 벌어졌을까? 울티모에게 가까이 다가갔을까? 울티모가 도망 갔을까? 두 사람이 이야기를 나눴을까? 그렇다면 어떤 언어를 썼을까? 그런 다음 엄마는 오두막으로 돌아와서 카메라를 두고 다시 나갔다. 어디로? 언제? 왜……?

학기 초에 영어 선생님이 〈정글북〉의 작가인 키플링의 시를 가르쳐 주셨다.

나는 여섯 명의 정직한 하인이 있네.

(내가 아는 것은 모두 그들에게서 배웠네.)

그들의 이름은 무엇, 어디, 언제, 어떻게, 왜 그리고 누구라네.

내게는 세 명의 하인밖에 없었다.

누가? 후아나 자브로스키, 인디아라고도 부름. 우리 엄마.

언제? 3주 전에

어디서? 이타와파, 다시 말해 어디에도 없는 곳에서.

엄마는 3주 전에 울티모를 처음 보았다. 사진이 찍힌 지 3주가 지났다. 착륙장이 마지막으로 관리된 것이 3주 전이었다. 오두막은 3주 전부터 풀로 뒤덮이기 시작했다.

3주 전부터 엄마는 숲 한가운데에서 흔적도 없이 사라졌다.

27

>>> ... <<<

아구스토 경관은 내 눈물자리를 못 본 척 하고 대청소를 시작했다. 물건들을 정리하고, 이끼가 잔뜩 낀 선반 위에 통조림들을 가지런히 올려놓고, 해먹을 매달고, 여기저기 돋아난 풀들을 뽑았다. 그는 자연이 집어삼킨 모든 곳에 문명과 질서를 조금이라도 되돌려 놓고 싶어 하는 것 같았다. 착륙장에 무성한 풀들을 베겠다고 의욕적으로 나서기까지 했다. 벌채용 큰 칼인 마체테를 휘두르며 풀을 베고, 깎고, 치웠다. 땀이 비 오듯 흘러내리는 와중에도 총과 카메라는 몸에서 결코 떼어 놓지 않았다.

할아버지는 벽에 걸려 있던 지도를 벗겨 내서 탁자 위에 펼쳐 보고 있었다. 손이 닿는 곳에 카샤사 술이 놓여 있었다. 할아버지는 가끔 이해할 수 없는 두세 마디 말을 웅얼거렸다.

이타와파에 온지 세 시간밖에 지나지 않았지만 나는 벌써 며칠은 지낸 것 같은 기분이 들었다. 하늘을 향해 뻗은 나무들과 초록빛에 물든 빛, 끊이지 않는 벌레 소리에 평생 매여 살 것만 같았다.

하지만 아구스토 경관과는 달리 나는 숲 때문에 스트레스를 받지는 않았다. 내가 숲의 아주 조그만 일부분이 된 것 같았고, 숲에 속해 있다는 느낌이 들었다.

경관이 갑자기 비명을 질렀다.

"뱀이다! 저기, 저기!"

할아버지와 내가 급하게 뛰어갔다. 경관의 얼굴이 겁에 질려 흙빛으로 변했는데, 이번만큼은 어쩐 일인지 총이 멀찌감치 떨어져 있었다.

나무 그루터기 구멍 속에서 희끄무레한 회색 뱀이 조그맣고 뾰족한 머리를 경관 쪽을 향해 돌린 채 똬리를 틀고 있었다.

아구스토 경관이 신음을 하듯 내뱉었다.

"정말 짜증나는 동네라니까. 저거 독사죠, 그렇죠?"

그가 총을 집어 들자 할아버지가 손을 총신 위에 놓으며 말했다.

"과민 반응 말게. 이 조그만 짐승이 자네를 먹어 치우고 싶겠지만, 그러기엔 자네 몸집이 너무 커."

할아버지는 웃음기 어린 얼굴로 뱀에게 다가갔다. 그 사이 뱀은 똬리를 풀고 공격 자세를 취하고 있었다.

아구스토 경관이 소리쳤다.

"그만 두세요. 뱀이……."

목소리가 차마 나오지 않았다. 혀를 날름거리고 목을 곧추세운 채, 뱀은 금방이라도 용수철처럼 튀어 오를 태세였다. 그래도 할아 버지는 멈추지 않고 조금씩 앞으로 나아갔다.

나는 손에 땀을 쥐고 할아버지를 바라보았다. 할아버지가 뭘 하 려는 건지, 어떻게 반응해야 할지 도무지 갈피가 잡히지 않았다.

모든 일이 눈 깜짝 사이에 벌어져서 영문을 알 수는 없었지만 할 아버지가 뒤돌아섰을 때 뱀을 손으로 움켜쥐고 있었다. 손가락으 로 뱀 머리 바로 뒤쪽을 단단히 붙잡고 있었고, 뱀은 할아버지의 팔이 나뭇가지라도 되는 것처럼 몸을 둘둘 감았다.

할아버지가 웃으며 말했다.

"탈리아, 얘는 치포치포야."

그러고는 뱀을 경관에게 들이밀었다.

"얘를 좀 쓰다듬어 보겠나, 친구? 만져 볼 텐가? 자넨 얘한테 감 사해야 해. 오두막에 쥐들이 득실대지 않는 건 이 뱀 덕분일세."

백짓장처럼 하얗게 질린 아구스토는 할아버지가 다가가는 만큼 뒤로 물러섰다. 미동도 없는 뱀의 눈은 무섭기도 했지만 어쩐지 매 혹적이기도 했다. 나는 할아버지에게 다가갔다.

"무서워하지 마. 이걸 보렴. 얘를 이렇게 잡아서……."

할아버지가 속삭이며 내 팔을 잡아서 뱀이 감겨 있는 자신의 팔 바로 앞에 댔다. 내 손가락이 뱀의 피부에 닿을 때 나는 숨이 멎을 것 같았다. 뱀은 내가 상상했던 것과는 달리 부드럽고 따뜻했다.

할아버지가 조그만 소리로 말했다.

"이제 얘를 놔 줄 테니 네가 잡아 보렴. 뱀이 숨을 쉬어야 하니까 너무 꽉 쥐지는 마. 그럼 아무 일 없을 거야."

나는 할아버지 말을 믿었다. 할아버지가 손가락의 힘을 빼자 뱀은 천천히 내 팔로 옮겨와서 몸을 친친 감았다. 뱀은 회색 눈을 내게 고정한 채 혀를 규칙적으로 날름거렸고 나는 뱀에게서 눈을 떼지 않았다. 우리는 서로를 계속 염탐했다. 뱀은 움직이지 않았고 나역시 숨을 죽인 채 꼼짝도 하지 않았다.

아구스토 경관이 속삭였다.

"이런 젠장! 그 할아버지에 그 손녀네. 둘 다 보통 강심장이 아니야."

할아버지가 슬며시 웃으며 중얼거렸다.

"그렇지, 잘한다."

경관의 카메라 셔터 눌리는 소리가 조그맣게 들렸다. 바람에 나뭇가지가 일렁였고 빗방울이 하나씩 떨어졌다.

할아버지가 말했다.

"뱀을 땅에 놓으렴, 탈리아. 놀라지 않게 가만가만 움직여. 땅에 놓아주기만 하면 뱀이 혼자 알아서 기어갈 게다."

할아버지가 말한 그대로 치포치포는 땅에 배가 닿자마자 내 팔에서 몸을 풀었다.

"지금이야. 놓아주고 뒤로 천천히 물러서."

내가 손을 거둬들이니 뱀은 잠깐 가만히 있다가 숲 속으로 사라졌다.

경관이 할아버지에게 물었다.

"어르신은 저 뱀이 독사가 아니라는 걸 어떻게 아셨어요?"

경관은 담배에 불을 붙이지 못할 만큼 몸을 심하게 떨었다.

"아니야, 친구. 나는 독사가 아니란 말 한 적 없네."

경관은 말문이 막힌 듯 가만히 있다가 겨우 중얼거렸다.

"이집 식구들은 다들 제정신이 아니에요."

나는 미동도 하지 않던 뱀의 눈동자를 떠올렸다.

"정말 독이 있었어요?"

할아버지는 고개를 끄덕이며 웃었다.

"그런 것 같았어, 탈리아. 그런 것 같았어……."

머리부터 발끝까지 짜릿한 전기 같은 것이 흘렀다. 독사였을 수도 있고, 아닐 수도 있다. 할아버지는 '움 푸코 루코'가 맞았다. 레오 포우지나 사람들이 사람을 잘 본 것이다. 할아버지는 술병을 경관에게 건넸고 경관은 꽤 많이 마셨다.

빗방울이 동전 크기만 한 자국을 남기며 땅바닥에 떨어졌고, 우리는 오두막 안으로 몸을 피했다. 양철 지붕을 때리는 요란한 빗소리를 들으며 할아버지는 또다시 지도를 붙잡고 앉았다. 할아버지는 내게 설명해 줘야 했다. 점집에 틀어박혀 타로 점을 보며 카샤사 술독에 빠져 살던 할아버지가 뱀에 독이 있는지 없는지는 어떻게 알고, 뱀을 잡는 법은 또 어떻게 배웠을까.

할아버지가 마침내 입을 열었다.

"내가 그런 걸 어디에서 배웠는지 알고 싶니?"

말투를 들어보니 거짓말을 꾸며낼 것만 같았다.

"어렸을 때 뱀을 무척 좋아하던 친척 아저씨가 있었지. 아저씨는 뱀에 관해서라면 뭐든 다 꿰고 있었고, 가끔 뱀 잡으러 갈 때 나를 데리고 가기도 했어. 그 아저씨한테 뱀 잡는 법을 배웠단다."

할아버지네 집에 드나든 지 곧 15년째가 돼 가지만 친척 아저씨 이야기는 처음 들었다.

"그분 성함이 뭐예요?"

"진짜 이름은 잊어버렸다만, 집안에서는 다들 '티오 코브라'라고 불렀지."

'뱀 아저씨'라는 뜻이다. 할아버지는 나를 정말 바보 취급하고 있었다.

"티오 코브라 아저씨는 진짜 대단한 사람이었지!"

할아버지는 그 말을 끝으로 또다시 지도에 빠져들었다.

할아버지 집안에 티오 코브라란 사람이 없었다는 데 내 용돈을 모두 걸 수도 있었다. 그날 하루 동안 벌써 세 번째로 나는 할아버지가 뭔가 감추고 있다는 생각을 했다. 할아버지는 계속해서 이야기를 꾸며내고, 꿰맞추고, 거짓말을 하고 있었다. 하지만 할아버지가 뱀에게 이름을 지어주고 서슴없이 잡을 수 있었던 건 꾸며낼 수 없는 사실이었다.

28

⨠⨠⨠ ⋯ ⨞⨞⨞

순식간에 어둠이 내렸다. 이타와파에서 자는 첫 밤이었다. 우뚝
우뚝 솟은 나무들이 달을 가렸고 개구리 우는 소리가 레오포우지
나에서보다 더 크게 들렸다.

개구리 소리를 듣고 있자니 온갖 감정이 밀려들었다. 내 '백인
유전자'는 하찮은 인간이 된 듯한 기분, 이곳이 우리 세상이 아닌
것 같은 기분이 들게 했다. 하지만 내 '원주민 유전자'는 이타와파
의 밤과 하나가 되어 설렘을 안겨 주었다.

아구스토 경관은 문 앞에 쪼그리고 앉아 줄담배를 피워 댔고, 조
그맣게 바스락대는 소리만 들려도 총을 잡고 벌떡 일어났다.

우리 중 누구도 내일 뭘 할지 이야기할 엄두를 내지 못했다. 엄
마에게 누군가 화살을 겨누는 상상이 내 머릿속을 떠나지 않았다.
생각을 떨쳐내려고 엄마의 수첩을 꺼내서 읽어보았다. 수첩은 모
두 네 개였다. 나는 경관이 수첩을 읽지 못하게 했다. 엄마가 수첩
에 적은 내용은 아무도 몰라야 했고, 트렁크와 마찬가지로 수첩도
경관이 뒤적일 물건이 아니었다.

최근에 쓴 수첩부터 읽기 시작했는데, 비닐 주머니에 들어 있었어도 습기 때문에 수첩이 쭈글쭈글해져 있었다. 수첩에 기록된 건 열 장 남짓이었다. 엄마는 왜 수첩을 여기에 두고 갔을까? 어쩌면 어딘가에서 며칠을 보내고 돌아와서 쓰려고 했던 건 아닐까?

아구스토 경관이 단념하지 않고 다가와서 물었다.

"어깨너머로라도 좀 읽으면 안 될까?"

나는 고개를 저었다. 경관이 엄마 물건은 아무 것도 만지지 말고, 눈길조차 주지 않았으면 했다.

"내가 소리 내서 읽어 줄게요."

나는 개구리들의 합창 소리를 덮을 만큼 큰 소리로 읽기 시작했다. 아른거리는 석유램프 아래 엄마의 깨알 같은 글씨체를 읽는 게 쉽지 않았다. 나는 한 줄 한 줄 힘겹게 단어들을 읽어나갔다. 맨 마지막 페이지부터 시작했다.

"3월 1일……"

경관이 끼어들었다.

"그 사진들을 찍기 하루 전날이구나."

나는 경관을 쏘아보았다.

"알았다, 알았어! 미안. 이제 아무 말도 하지 않을게."

나는 다시 읽기 시작했다.

3월 1일. 발레지뇨 데 마키나스에 다시 한 번 가 봄. 피곤함. 이틀이 걸렸다. 늪지가 많아서 더욱 피곤했고, 비가 오니 무릎까지 푹푹 빠졌다. 그곳에 다시 가 본 이유는 오로지 내가 꿈을 꾸지 않았다는 것을 확인하기 위해서였다. 내가 본 건 진실이었다. 세월의 더께가 앉고 녹이 슬어서 겨우 읽을 수 있었지만, 그 글자는 분명 그곳에 있었다. 머리가 빙빙 돌고 아무 것도 이해할 수 없었다. 나는 쓰러지지 않으려고 나무에 기댔다. 이게 무슨 뜻일까? 나를 이곳으로 인도하면서 울티모는 내가 이것을 보기를 바랐다. 울티모는 어떻게 알았을까? 확실한 게 또 있다. 내가 저쪽에 머무르는 내 내 울티모도 거기에 있었다. 나를 관찰하고 내 행동 하나하나를 놓치지 않았다. 보지는 못했지만 존재감은 느낄 수 있었다. 울티모는 내게 눈길을 거두지 않았고, 화살을 쏠 수도 있었지만 그러지 않았다. 걱정하지 않는다. 나는 위험하지 않다. 울티모는 나를 위협한 적이 한 번도 없고 나는 그가 두렵지 않다. 하지만 내가 방금 발견한 것은 두렵다.

숨이 막히게 더운 밤이었지만 등골이 오싹하며 소름이 돋았다. 무슨 글자를 봤기에 엄마는 그토록 두려워했을까? 밀림 한가운데 도대체 무슨 글자가 있었을까?

지도를 보던 할아버지가 고개를 들었고 개구리들이 목이 터져라 울어댔다.

아구스토 경관이 11개비째 담배에 불을 붙이며 말했다.

"희한하네."

"뭐가요?"

"거기 이름 말이야. 너희 엄마가 지은 것 같은데, '발레지뇨 데 마키나스'라는 건 '기계들의 골짜기'라는 뜻이잖아. 그게 무슨 의미일까? 이런 오지에 기계들이 뭘 하러 온 걸까? 녹이 슬었다는 것도 그래. 녹이 슨다는 건 철이 있다는 거거든. 밀림에 철이 대체 어디 있다는 거야?"

나는 웅얼거렸다.

"기계가 철이잖아요."

"계속 원점만 뱅뱅 도는구나."

경관은 한숨을 쉬며 모기들 쪽으로 연기를 내뿜었다.

할아버지는 지도를 내버려두고 내게 다가와서 손등으로 내 뺨을 어루만졌다. 할아버지가 거의 하지 않던 행동이라 나는 당황스러웠고 뺨이 불이 날 것처럼 화끈거렸다.

할아버지가 말했다.

"계속 읽어 보렴, 탈리아. 뭔가 더 알아낼 수 있을지 모르니까."

할아버지 목소리가 평소와 다르게 떨렸다. 나는 엄마가 처음에 쓴 수첩을 펼쳤다.

중요한 내용은 없었고 여기저기 몇 줄씩 끼적인 정도였다. 매일 기록한 것도 아니었고 대부분 진흙이 묻어 지저분했으며 종이는 부풀어 있었다. 습기 때문에 내용이 모두 지워진 부분도 있었고, 구름이 낀 것처럼 회색 자국만 있는 장도 있었다.

나는 나지막한 목소리로 읽어 내려갔다.

2월 20일 일요일. 하루 종일 울티모의 흔적을 뒤쫓았다. 울티모가 나를 어디로 데려가려는지 알 수 없다. 평소처럼 울티모는 보이지 않는 곳에 있었지만 자신의 존재를 굳이 감추려 하지 않았다. 오히려 부러진 나뭇가지, 짓이긴 풀, 엮어놓은 덩굴 등으로 흔적을 남겼다. 내게 길을 가르쳐 주려는 것 같다. 때때로 금강앵무의 작은 깃털 하나를 나무 틈새에 꽂아 가야 할 방향을 표시해 놓기도 했다. 나를 어디로 데려가려는 걸까?

이어지는 몇 줄은 읽을 수가 없었다.

다음 페이지.

2월 21일 월요일. 이타와파에서 하루 넘게 걸음. 어디인지는 모르겠다. 한 번도 발을 들인 적이 없는 곳이다. 울티모는 정말로 나를 신경 써 준다. 밤이 되어서 나는 울티모의 흔적을 놓쳤다고 생각했다. 그런데 갑자기 어디선가 나무 타는 냄새가 났다. 쿠피우바 나무 아래에 나를 기다리듯 불 피운 나뭇가지들이 있었다. 하지만 그의 흔적은 여전히 없었다.

이어지는 몇 페이지는 비에 젖어 글씨가 희미했다. 나머지 수첩 두 개를 꺼내보니 진흙이 잔뜩 묻은 겉장에 글이 적혀 있었다.

이 수첩은 연구 관찰 목적으로만 작성되어야 한다. 내가 기록한 것은 여기에 기록될 만한 내용이 아니며, 나는……

다음 문장은 해독하기 어려웠고 맨 밑에 있는 글자만 겨우 읽을 수 있었다.

……이 장소를 발레지뇨 데 마키나스라고 부를 것이다.

할아버지는 아무 말 없이 허공을 바라보았다. 문 앞에 모기장을 쳐 놓았지만 석유램프 주위에 벌레 수백 마리가 날아다녔다. 아구스토 경관이 팔을 휘휘 저어 벌레들을 쫓아 보려 했지만 소용없었다.

"발레지뇨 데 마키나스, 기계들의 골짜기……."

깜빡거리는 램프 불빛에 의지하여, 나는 할아버지가 벽에서 떼어낸 지도 쪽으로 몸을 숙였다. 엄마는 지도 위쪽과 왼쪽에 빨간 화살표를 그려놓고 'V. M'이라고 써 놓았다.

"발레지뇨 데 마키나스?"

할아버지가 고개를 끄덕이며 중얼거렸다.

"그래, 그런 것 같구나."

29

>>> ··· <<<

밤이 이슥해지자 진한 흙냄새와 무르익은 과일 냄새가 땅에서 올라왔다. 오두막에 켜놓은 희미한 전등불 말고는 빛 한 점 없었다. 어둠이 너무 깊어서 세상이 사라져버린 것만 같았다.

'별은 네 엄마를 새로운 사람에게 데려갈 거야. 한 번도 만난 적은 없지만 네 엄마에겐 아주 중요한 사람이지.'

할아버지는 달의 카드를 뒤집었을 때 이렇게 말했다. '새로운 사람'이 울티모를 말하는 것일까? 엄마에겐 울티모가 나보다 더 중요한 걸까?

나는 엄마의 해먹에 몸을 파묻은 채 두 눈을 크게 뜨고 짙은 어둠 속을 바라보았다. 주위에서 개구리 소리, 나무가 부스럭거리는 소리, 동물 소리 같은 이상야릇한 소리들이 들렸다. 숲은 한시도 조용히 있질 않았다. 바로 옆에서 뭔가가 작지만 끈질기게 달가닥거리는 소리를 냈다. 성냥 한 개비가 켜지면서 아구스토 경관의 얼굴이 잠깐 보였다. 입술 사이에 물린 담배가 달달 떨리고 있었다. 그제야 비로소 나는 그 달가닥거리는 소리가 경관이 이를 딱딱 부딪치면서 내는 것임을 알았다.

엄마, 원주민 남자, 화살……. 눈만 감으면 떠오르는 상상을 떨쳐 내려고 꽤 오래 안간힘을 썼지만 결국 밀려드는 졸음을 이길 수는 없었다.

바스락거리는 미세한 소리에 잠에서 깼다. 분명 밤인데 바깥이 이상하게 환했다. 나는 모기장 밖으로 빠져나가서 문을 살며시 열어 보았다. 고요한 어둠 속에서 불빛 수천 개가 깜빡거리기도 하고 물결치기도 하며 쉴 새 없이 날아다녔다. 나는 두근거리는 가슴으로 가까이 다가갔다.

반딧불이였다.

반딧불이 떼가 형광 빛을 반짝이며 이타와파의 컴컴한 밤을 밝히고 있었다. 그렇게 아름다운 광경은 본 적이 없었다. 때때로 반딧불이 한 마리가 내 몸에 내려앉아 희미한 빛을 내 살갗에 잠깐 비추고서는 다시 날아갔다.

나는 숨을 죽이고 반딧불이들을 지켜보았다. 아구스토 경관은 여전히 총을 꼭 쥐고 할아버지와 서로 경쟁하듯 코를 심하게 골며 자고 있었다. 두 사람을 깨우고 싶지는 않았다. 그날은 3월 22일이었고 내 열다섯 번째 생일이었다. 반딧불이들이 유일하게 내 생일을 기억해주고, 오직 나만을 위해 춤을 춰 주었다.

멀리서 천둥 치는 소리가 들렸다. 우르릉거리는 천둥소리는 마치 나무를 하나씩 거치면서 더 커지는 것 같았다. 천둥소리가 들리자 반딧불이의 불은 일제히 꺼졌고 주위는 아까보다 한층 더 어두워졌다.

나는 해먹으로 다시 돌아왔다. 멀리서 번개가 조용히 하늘을 갈랐지만 내 마음은 이상할 정도로 평온했다. 반딧불이들의 춤이 엄마와 무슨 연관이 있는 것 같아서 안심이 되었다. 말로 설명할 수는 없었지만 그런 확신이 들었다.

30

≫ … ≪

자리에서 일어나 보니 막 날이 밝아 있었다. 회색 안개 한 자락
이 나뭇가지에 걸려 있었지만 폭풍우는 멀어졌다. 아구스토 경관
은 내게 뜨거운 커피가 담긴 양철 주전자를 내밀었다. 다른 손에는
여전히 총을 쥐고 몸에는 끈을 단 카메라를 두르고 있었다. 하룻밤
새 주름이 깊어지고 눈이 퀭해져서 열 살은 더 들어 보였다. 할아
버지는 허리춤에 마체테를 찬 채 커피를 홀짝홀짝 마시며 말했다.

"아침에 근처를 잠깐 둘러봤단다."

할아버지는 주머니에서 지도를 꺼내며 말을 이었다.

"그리고 이 길의 시작점을 찾아냈지."

할아버지는 엄마가 연필로 그은 선을 가리켰다. 그 선은 지도 왼
쪽 위를 향하고 있었고, 거기엔 엄마가 V. M(발레지뇨 데 마키나스,
기계의 골짜기)이라고 써 놓았다. 그것이 우리가 가진 유일한 실마
리였다.

떠날 채비를 마치자 오두막 너머 하늘 귀퉁이가 파랗게 갰고 햇
볕에 달궈진 땅에서 김이 모락모락 났다.

할아버지가 말했다.

"저쪽으로 가자."

할아버지는 나뭇가지를 헤치며 앞으로 나아갔다. 할아버지가 '푸른 길'이라고 불렀던 길은 무성한 나뭇잎에 뒤덮인 좁다란 흔적일 뿐이었다.

아구스토 경관이 투덜거렸다.

"이런 걸 길이라고 부르다니 어르신도 참 낙천적이시네요."

"여기선 이 정도도 고속도로나 마찬가지야. 자네 혼자 여기 남겠다고 해도 말리지 않겠네. 그러면 누구도 깨울 염려 없이 혼자 하루 종일 이를 딱딱 부딪치며 있을 수 있겠지. 탈리아, 우린 가자."

할아버지가 마체테를 한 번 휘두르자 얼굴 높이까지 자라난 커다란 가시덤불이 베어져 나갔다. 그렇게 덤불을 하나씩 쳐 가며 우리는 숲 속으로 들어갔다.

사실 가시덤불보다 모기가 제일 골치였다. 나무 아래에 고여 있는 축축한 열기 때문에 모기들이 기승을 부렸다. 우리 말고는 모기들이 유일하게 살아 움직이는 생물이었다. 가끔 우리가 다가가는 바람에 놀라서 후다닥 도망가는 새들의 날갯짓 소리와 작은 원숭이 떼가 고함치는 소리가 들려오기도 했다. 겉보기엔 조용했지만 우리가 지나가면 온갖 소리가 튀어나왔고, 그 소리들을 들으니 마치 숲이 우리에게 끊임없이 말을 걸어오는 것만 같았다. 걸음에 맞춰 "샥, 샥!" 하는 마체테 소리가 거의 자동적으로 났다.

가다 보니 가뜩이나 좁은 길이 거의 사라지고 풀 흔적밖에 남지 않았다. 할아버지는 길을 잘 아는 것처럼 계속 앞으로 나아갔다.

"확실히 알고 가시는 거예요?"

맨 뒤에서 따라오던 아구스토 경관이 말했다.

할아버지는 대꾸를 하지 않고 열 걸음쯤 더 가더니 나무줄기를 휘감은 덩굴을 걷어냈다. 그러자 십자 표시 두 개가 나타났는데, 그중 하나는 다시 자라나기 시작한 나무껍질 속에 반쯤 파묻혀 있었다.

할아버지는 숨을 밭게 내쉬며 뒤돌아섰다. 얼굴에는 땀이 비 오듯 흐르고 있었다.

"출발했을 때부터 이 표시를 따라왔어. 우리가 어디로 가는지는 모르겠지만, 뭘 따라가야 할지는 확실해. 길이 있고 누군가 표시를 해 놨으니까."

할아버지는 나무에 기대서서 마체테를 경관에게 건네며 말했다.

"나는 이제 못하겠네. 자네가 길을 열어. 자네 아버지뻘인 내가 계속 이렇게 가다간 저녁때쯤 저세상으로 가게 될 거야."

"하지만 어떻게 하는지 모르는데요."

"쉬워. 경찰봉 사용하는 법이나 다를 바 없어. 사람들 대신 나뭇가지를 후려치면 돼."

"농담도 잘 하시네요."

아구스토 경관이 투덜거리며 마체테를 받아 들었다.

경관은 할아버지만큼 능숙하게 하지 못했다. 걸음을 내디딜 때마다 주저했고, 나무 덩굴 속에서 발이 엉켰고, 나무줄기에서 발견하는 표시들을 열 번도 넘게 확인하고서야 발걸음을 옮겼다. 하지만 어쨌든 우리는 조금씩 앞으로 나아갔다.

경관의 주머니에서 종이 한 장이 떨어졌고, 나는 바닥에 닿기 전에 종이를 낚아채서 눈 깜짝 할 사이에 내 가방에 집어넣었다.

네 시간이 넘게 걸은 끝에 엄마가 수첩에 적어 놓은 늪지대에 도착했다. 중간 중간 열기에 모락모락 연기를 내뿜는 진창이 끝없이 펼쳐져 있었다. 저 멀리 어렴풋이 건너편 가장자리가 보였다.

할아버지는 커다란 나무뿌리 사이에 털썩 주저앉아 가쁜 숨을 몰아쉬었다.

"이런 젠장! 내 나이에 이렇게 강행군을 하는 건 더는 안 되겠어."

할아버지는 입을 벌리고 헐떡거렸다. 그러다가 술을 한참 꿀꺽꿀꺽 마시더니 나를 보며 억지로 웃어 보였다. 이가 많이 빠져서 웃는 얼굴이 어쩐지 흠씬 두들겨 맞은 사람 같았다.

"걱정 마라, 탈리아. 내가 나이가 많아서 몸 여기저기가 삐걱대는 것뿐이니까. 경관, 자넨 어떤가? 아직 기운이 넘쳐 나는 것 같은데?"

셔츠가 땀으로 흠뻑 젖은 아구스토 경관이 마체테를 든 팔을 주무르며 말했다.

"이런 일을 하게 될 줄은 상상도 못했어요."

경관은 물통에 입을 대고 오랫동안 마시고 나서 내게 건네주었다. 할아버지와는 달리 아구스토는 물통에 술이 아니라 진짜 물을 담았다.

나는 좀 전에 주운 종이를 그에게 주며 말했다.

"아저씨가 물을 줬으니 이걸 돌려줄게요. 아까 아저씨 주머니에서 떨어진 거예요."

경관의 얼굴이 빨갛게 물들었다.

"아, 그건, 그러니까……"

"그게 뭔지는 알아요. 벌써 봤거든요."

이제 얼굴이 완전히 새빨개졌다.

"생각을 해 보니까……, 전단을 만들면 좋을 것 같더라고. 벽에 붙이는 전단 말이야, 너도 알지?"

"그럼요. 하지만 숲 한가운데 전단을 붙이면 원숭이들이나 보겠죠."

"아니, 물론 그렇긴 한데……."

경관은 고개를 끄덕이며 엄마의 사진을 바라보았다. 엄마가 대학 교수일 때 찍은 사진이었는데 인터넷을 뒤져서 찾아낸 것 같았다.

사진 속의 엄마는 무척 아름다웠다. 할아버지는 조용히 웃고 있었다.

31

그날 우리는 얼마나 걸었을까? 걸을 때마다 발이 축축한 진창에 푹푹 빠졌고 30초마다 아구스토 경관이 똑같은 말을 중얼거렸다.

"여기 악어가 우글거릴 거라고, 확실해!"

카메라를 허리춤에 찬 경관은 총의 안전장치에 손가락을 계속 대고 있었지만 악어도 뱀도 나타나지 않았다. 목숨을 걸고 이런 오지를 돌아다닐 만큼 정신 나간 동물들은 우리랑 모기들밖에 없었다. 모기들은 끈질기게 따라왔고, 자욱하게 모여들어 우리를 공격했다. 모기떼 앞에선 얼굴 보호 방충망도, 경관의 총도 소용없었다.

나무들이 선사시대의 거대한 동물들처럼 이곳저곳에서 불쑥 나타났다. 할아버지는 다시 맨 앞에 서서 나무들에 표시가 없는지 유심히 살펴보았다. 할아버지가 표시를 찾아야 앞으로 나갈 수 있었다.

할아버지는 가끔 걸음을 멈추고, 술병을 꺼내 얼굴을 가린 방충망을 걷고 카샤사 술을 마셨다. 그렇게 잠깐씩 쉬면 금세라도 넘어갈 듯이 거친 숨소리가 조금은 잦아들었다.

아구스토 경관이 주위를 불안하게 돌아보며 내뱉었다.

"여기 악어가 우글거릴 거예요, 확실해요!"

그는 두 손으로 총을 꽉 쥐고 고집스럽게 같은 말을 반복했다.

할아버지가 퉁명하게 대꾸했다.

"2분만 그 입 좀 다물게."

우리는 다시 길을 떠났다. 발밑에서 우글거리는 징그러운 동물들을 생각해선 안 되고, 우리가 세상 끝에 있으며 사고가 일어난다 해도 아무도 구하러 오지 못할 것이라는 생각도 해선 안 되었다. 나는 발걸음에 맞춰 구호를 붙이듯 작은 소리로 엄마를 불렀다.

"엄-마, 엄-마, 엄-마······."

나는 땅바닥에 뒤엉켜있는 나뭇가지에 걸리지 않도록 두 발을 치켜들면서 로봇처럼 앞으로 나아갔다.

하늘이 순식간에 구름으로 뒤덮였고 우리 사정 따위는 아랑곳없다는 듯 비가 퍼붓기 시작했다. 할아버지가 욕을 했다. 지면 위로 타닥타닥 소리를 내며 빗방울들이 쏟아졌다. 비옷을 입었는데도 나는 몇 분 만에 흠씬 젖었고, 옷이 살갗에 쩍쩍 들러붙었다. 하지만 우리는 고개를 움츠리고 계속 걸었다. 걷는 것 말고는 할 일이 없었다.

"엄-마, 엄-마, 엄-마······."

지평선이 사라졌다. 하늘까지 연결된 물의 벽 앞에서 세상이 멈췄다. 하지만 할아버지는 어디로 갈지 정확히 아는 사람처럼 거침없이 앞으로 나아갔다. 나는 할아버지에게 비가 그칠 때까지 기다리자고 소리 질렀지만, 할아버지는 듣지 못했다. 아니, 못 들은 척하는 것 같았다. 내 뒤에서 아구스토 경관이 느릿느릿 걸어오고 있었다. 너무 천천히 와서 보이지도 않았지만 뒤따라오면서 끊임없이 욕을 하고, 저주하고, 투덜거리는 목소리는 들렸다.

우리는 폭우 속에서 로봇처럼 계속 앞으로 나아갔다. 할아버지의 숨소리가 점점 거칠어졌다. 비가 갑자기 뚝 그치고 해가 다시 떴다. 반대쪽 지평선에 해가 떠 있었고 표식이 되어주던 나무들이 사라졌다. 늪지에서 올라오는 짙은 수증기 때문에 나무들이 보이지 않았지만 숲은 그리 멀지 않아 보였다.

할아버지 뒤에 딱 붙어서 헤맨 지 얼마나 지났을까? 아마 여러 시간은 지났을 터였다. 그쯤 되니 어디에서 왔는지, 어디로 가는지 도무지 감이 잡히지 않았다.

할아버지는 아무 말도 하지 않았다. 경관과 나도 입을 꾹 다물고 걸어갔다. 한동안 걷기만 하다가 마침내 경관이 우리 모두 궁금해하던 질문을 던졌다.

"어르신, 지금 확실히 알고 가시는 거예요?"

할아버지가 돌아서서 대답했다. 얼굴에는 회색 진흙이 묻어 있었다.

"난 아무 것도 확실히 모르네. 하지만 어디에 도착할지 모르기 때문에 그 길이 옳은 길이라고 생각할 수도 있어. 그렇지 않나?"

할아버지는 헐떡이며 말했다.

"전 여기서 죽긴 싫어요."

"나도 그래. 하지만 자네가 생각하듯이 무슨 계획대로 움직이는 게 아니야. 나는 후아나가 알려주는 방향을 따라가려고 노력할 뿐이야. 자네가 더 잘 할 수 있다고 생각한다면 기꺼이 앞자리를 내주지."

우리는 다시 앞으로 나아갔다.

엄-마, 엄-마, 엄-마…….

이런 진창 한가운데서 잠시라도 휴식을 취한다는 건 불가능했다. 몇 분이라도 짐을 내려놓고 앉을 수조차 없었다. 모든 것을 가려 버릴 만큼 안개가 짙게 내려앉았고 해도 점점 기울었다. 다리에 감각이 느껴지지 않았고 피곤해서 몸이 덜덜 떨렸다.

할아버지가 갑자기 외쳤다.

"저기다!"

반쯤 누운 나무가 수면 위로 솟아오르듯 나타났다. 모두 말문이 막혔다. 목이 긴 공룡 같이 생긴 그 나무는 분명 비가 오기 바로 직전에 우리가 지나쳤던 나무였다.

아구스토 경관이 말했다.

"제자리만 계속 돌고 있었네요."

"자네한텐 도무지 뭘 숨길 수가 없군, 경관."

할아버지는 가방을 열어서 새로운 카샤샤 술병을 꺼냈다. 다른 병은 비어 있었다. 경관은 할아버지 손에서 술병을 빼앗았다.

"그만 드세요! 벌써 많이 드셨어요. 이제 우린 어떻게 될까요? 레오포우지나에서 제일가는 점술가시잖아요. 아무런 생각이 없으세요? 그게 어르신 일이잖아요, 안 그래요? 이제 뭘 할까요? 어디로 갈까요? 여기로 갈까요, 아니면 저기로⋯⋯?"

아구스토 경관은 떨리는 목소리로 말하며 여기저기 총구를 겨누었다.

"나는 예언자도 아니고 나침반도 아니라네, 경관."

"하지만 어르신은 미래를 내다보는 일을 하시잖아요."

할아버지가 킥킥 웃었다. 주위에는 칙칙한 늪지밖에 없었고, 좀 더 먼 곳엔 안개에 잠긴 숲이 둘러싸고 있었다.

나무는 우리 세 사람이 모두 앉을 수 있을 만큼 넓었다. 우리는 몇 시간 만에 처음으로 두 발을 진창 밖으로 빼내고 나무에 앉아

쉬었다. 할아버지는 굵은 가지에 기대 앉아 거친 숨을 몰아쉬었다. 그러면서도 떨리는 한쪽 손을 경관에게 내밀며 술병을 내놓으라고 채근했다.

"미래가 그리 걱정되는 모양이니 예언 하나 해 주겠네. 휴식을 취하게 될 거야. 지금 바로 이루어질 예언이지."

갑자기 아구스토 경관이 소리를 꽥 질렀다.

"이게 다 뭐야?"

경관의 다리가 거머리로 뒤덮여 있었다. 우리 셋 다 같은 상황이었지만 경관이 가장 호들갑을 피며 소란을 떨었다.

할아버지가 작은 목소리로 말했다.

"경찰 피가 맛있나 보다."

우리는 30분가량 다리에 붙은 거머리를 떼어 냈다. 아구스토 경관은 다리에서 떨어진 거머리를 곧바로 라이터로 태웠고 욕을 퍼부으며 멀리 던져 버렸다.

고개를 들자 하늘이 벌써 어두워져 있었다.

32

≫⃯···⃯≪

순식간에 어둠이 내렸고 늪지 표면에 초승달 빛이 비추었다. 개구리와 두꺼비 떼의 합창이 시작되었고, 때때로 멀리서 원숭이들의 고함이 들려왔다. 하나가 소리를 지르기 시작하면 원숭이 무리 전체가 일제히 따라 했다. 그렇게 잠시 동안 원숭이들이 미친 듯이 꽥꽥 소리를 지르다가 잠잠해지면, 이번엔 개구리들의 불협화음이 다시 시작되었다.

"여기서 잘 순 없어요."

아구스토가 간청하듯 말했다.

"나중에 손주들한테 해 줄 이야기가 많을 거야."

경관은 호주머니에서 젖은 담배 한 개비를 어렵사리 꺼내 들었고, 할아버지는 또 다시 술병을 입에 대고 홀짝홀짝 마셨다. 우리는 좀 전에 거머리를 주물럭거린 더러운 손으로 차가운 강낭콩 통조림을 돌아가며 퍼 먹었다.

수증기가 휘장처럼 늪지를 감싸며 피어올랐고 수면으로 떠오른 커다란 공기 방울들이 보글보글 소리를 내며 터졌다. 그때마다 경관은 화들짝 놀라서 헤드랜턴을 켜고 주위를 샅샅이 훑어보았다. 나는 경관이 내 바로 옆에서 입술을 덜덜 떨며 총을 꼭 쥐고 있을 거라고 짐작했다. 잠시 후 그가 헤드랜턴을 끄자 다시 칠흑같이 어두워졌다.

내 원주민 유전자는 밤에 들려오는 숲의 소리를 낮보다 훨씬 푸근하게 느꼈다. 어쩌면 내가 너무 피곤해서 엄마 말고 다른 걸 생각할 여력이 없었기 때문인 듯도 했다. 나는 엄마의 조그만 니나리치 향수병을 손에 꼭 쥐었다. 진흙에서 나는 곰팡내와 물에 젖은 나무 냄새에 희미한 향수 냄새가 섞여서 났다. 엄마는 왜 이런 곳을 좋아해서 자꾸 오고 여러 달 동안 머무를까?

나는 굵은 나뭇가지에 등을 기대고 앉아 아주 가까이에서 들리는 할아버지의 숨소리를 들었다. 숨소리가 규칙적으로 들려서 할아버지가 자고 있다고 생각했지만, 다음 순간 카샤사 술병 뚜껑이 열리는 소리가 들려왔다.

물에 빠진 사람이 구명보트를 부여잡듯 나뭇가지를 꼭 쥐고 나는 졸다가 깨고 다시 졸았다. 눈을 감자 춤추는 반딧불이들의 불빛에 감싸인 엄마의 얼굴이 나타났다.

엄마, 엄…마…….

때때로 원주민 남자의 얼굴이 엄마 얼굴에 포개졌다. 반쯤 잠에 빠져들었을 땐 페케누의 얼굴도 떠올랐다. 모두의 얼굴이 뒤섞인 채 나는 어느새 잠이 들었다. 반딧불이들이 나를 지켜주었다.

33

>>> ... <<<

"있잖니, 탈리아……."

가까이에서 들리는 할아버지의 목소리에 나는 퍼뜩 잠에서 깼다. 눈을 뜨고 이런 곳에서 잠을 잤다는 사실에 놀랐다. 동쪽 하늘이 벌써 희끄무레하게 밝아 오고 있었다.

"너한테 꼭 해야 할 말이 있어."

할아버지는 지독한 술 냄새를 풍기며 말까지 더듬었다.

"지금껏 아무한테도 말하지 않았어. 한 번도……. 네 할머니도 속속들이 알지 못하는 일이란다. 하지만 넌 이제 열다섯 살이잖니? 어제부터 그렇지? 이제 때가 된 것 같구나."

나는 몸을 일으켰다. 할아버지가 하물며 이런 상황에서 내 생일을 기억하고 있을 줄 몰랐다.

"넌 한 번도 왜냐고 묻지 않았어."

개구리들이 시끄럽게 울어대는데 할아버지는 너무 작게 이야기해서 잘 들리지 않았다.

"내게 왜 이런 일을 하느냐고, 사람들의 미래를 예언해 준다고 사기나 치느냐고 말이야, 응? 그 사람들한테 내일, 아니면 더 훗날 무슨 일이 일어날지 내가 뭘 알겠어? 몰라. 난 아무 것도 몰라! 그 사람들 잘못도 있어. 바보같이 나를 믿다니."

할아버지는 조용히 쿡쿡대며 웃었다.

"내가 미래를 내다보는 척 한 건 과거가 두려웠기 때문이야. 탈리아, 너도 진실을 알아야 해. 그러니까 벌써 오래 전에……."

어둠 속에서 할아버지는 더듬더듬 내 손을 간절히 찾았다. 할아버지의 쪼글쪼글한 손이 닿으니 오한이 느껴졌다. 어렸을 적에도 이런 기분을 느껴본 적이 있었다. 우리는 세상의 끝 한가운데에 있는 나무에 고아들보다 더 외로운 기분으로 오도카니 앉아 있었다. 할아버지는 평생 처음으로 밤중에 내게 비밀 이야기를 털어놓으려 했다. 이상했다. 어쨌든 모든 게 이상했다.

할아버지는 떨리는 손으로 내 손을 잡고 한동안 말없이 가만히 앉아만 있었다. 그러다 들릴락 말락 하는 목소리로 말했다.

"난 두렵다, 탈리아. 내가 한 일이 두려워. 가끔 그 일이 아주 오래전이었으니 잊을 때가 되지 않았나 하는 생각을 하는데, 아니야. 하루도 그 생각을 하지 않은 적이 없었어. 아무 것도 지워지지 않는구나."

할아버지는 희한한 소리를 내며 흐느껴 울었다. 갑자기 나는 까마득히 높은 낭떠러지에서 떨어지는 느낌이 들었다. 그토록 자신 만만해 보이던 할아버지가 어떻게 이렇게 어린아이처럼 울 수 있을까? 페케누였다면 위로해 줄 수 있었을 텐데 할아버지가 우니까 어찌해야 할 지 알 수 없었다.

나는 할아버지의 손을 꼭 잡았다. 할아버지는 길게 한숨을 쉬었다. 아직 남아있는 어둠 속으로 하얀 입김이 길게 뻗어 나갔다. 하늘이 희붐해지는 걸 보니 얼마 안 있으면 날이 밝을 것 같았다.

"처음부터 이야기를 해야겠구나, 탈리아. 아직 어두울 때 모든 걸 이야기할 거야. 날이 밝으면 기회가 다시 오지 않을 거니까. 여러 해 전에 너희 엄마는 아주 어렸고, 그러니까 아기였고 나는……."

할아버지가 잠깐 멈추더니 다시 말을 이었다.

"아니다. 그 얘기부터 시작하면 안 되겠구나. 그러니까 그 시절에 나는……."

그때 갑자기 총소리가 들려왔다.

34

>>> ... <<<

아구스토 경관이 연기가 모락모락 나는 총을 손에 쥐고 튀어나왔을 때 나는 비명을 질렀다. 짙은 안개가 총소리를 흡수해서 마치 솜 덩어리 속에서 방아쇠를 당긴 것 같았다.

경관이 고래고래 소리를 질렀다.

"저기야! 내가 그랬지! 그놈이 저기에 있었어. 내가 잡았어!"

경관은 늪지 쪽의 한 지점을 가리켰다. 나무에서 몇 미터 떨어진 수면 위에 뭔가 둥둥 떠 있었다.

할아버지가 손전등을 켜서 이리저리 살펴보더니 놀리는 듯한 말투로 말했다.

"카이만 악어 새끼군. 잘했네, 경관!"

"몇 시간 동안이나 이놈 소리를 들었단 말이에요. 주위를 계속 어슬렁거리고 있었어요. 우리를 잡아먹으려고 했다고요."

"자네가 총을 쏜 녀석은 아직 새끼야. 자넬 삼키려다가 오히려 목이 막혀 죽고 말 걸세."

"새끼들이 돌아다니면 큰 악어들도 있단 거잖아요! 어르신은 알고 있었어요?"

"잠깐만……."

개구리들이 일제히 입을 다물었고 이런 갑작스런 정적이 어쩐지 불안하게 느껴졌다. 할아버지가 나지막이 물었다.

"들었어?"

"뭘요?"

아구스토 경관이 대답하고 이내 총을 다시 고쳐 쥐었다.

"뭐예요?"

경관의 손가락이 이미 방아쇠에 놓여 있었다. 할아버지가 대꾸했다.

"조용히 해 봐. 자네 때문에 소리가 안 들리잖아."

나는 귀를 쫑긋 세웠지만 수면 위에서 공기 방울이 터지는 둔탁한 소리와 안개 너머에서 속살대는 숲 소리 말고는 아무 소리도 들리지 않았다. 할아버지가 꿈을 꾸었나?

하지만 할아버지는 분명 무슨 소리를 들은 것 같았는데, 도대체 무슨 소리였을까?

"저쪽에서 들렸어."

할아버지가 늪지 건너편을 가리켰다. 우리가 온 쪽이었다. 우리는 나무 그루터기처럼 꼼짝 않고 앉아서 망을 봤다. 아구스토 경관은 두 손으로 총을 꽉 움켜쥐고 있었다. 그 사이 하늘이 부옇게 밝아 왔다.

"총을 내려놓게, 경관. 무서워할 필요 없어."

"그걸 어떻게 아세요?"

"노래 부르는 사람을 무서워할 이유는 없으니까."

할아버지 말이 옳았다. 뜻밖에도 이 새벽에 누군가 노래를 부르고 있었다. 무슨 노래의 후렴구 같은 것을 똑같은 리듬으로 흥얼흥얼 반복해서 부르는 남자 목소리였다.

아구스토 경관이 큰 소리로 외쳤다.

"여기요! 우리 여기 있어요. 이쪽이에요!"

경관의 목소리는 늪지에 자욱한 안개에 묻혀 버렸다. 할아버지가 말했다.

"우리 쪽으로 오고 있어."

우리는 노랫소리가 구명정이라도 되는 것처럼 간절히 기다렸다. 노랫소리가 점점 더 또렷해지는 걸 들으니 그 남자가 가까이 다가온 것 같았다.

아구스토 경관이 중얼거렸다.

"저 사람이 뭐라고 하는 건가요?"

그 남자는 희한한 억양의 생소한 언어로 말을 했다. 나는 울티모를 떠올렸다. 정말 그 사람일까? 심장이 방망이질 치기 시작했다.

발이 질척거리는 진창에 빠지는 소리가 들려왔다. 노래 부르는 사람은 우리를 향해 오고 있었다.

그 남자가 발걸음을 멈추자 나도 숨이 멎는 것 같았다.

"다들 거기 계세요?"

목소리를 들으니 누군지 바로 알 수 있었다. 전화기를 통해 들었던 목소리였다. 겨우 며칠 전이었지만 여러 달이 지난 것 같았다.

"타쿠아주! 우리 여기 있어. 이쪽으로 와!"

질척거리는 발걸음 소리가 다시 들려왔다. 그리고 얼마 후 안개 속에서 그림자 하나가 나타났다.

키가 작고 다부진 몸에 바짝 깎은 머리칼……. 눈앞에 나타난 타쿠아주는 내가 상상했던 것과는 완전히 다른 모습이었다. 알메이다 아줌마의 로맨스 소설을 너무 많이 읽었나 보다.

"여러분을 찾기가 쉽지 않았어요."

타쿠아주는 우리에게 차례로 눈길을 주었고, 마지막으로 나무 근처 물 위에서 배를 뒤집고 죽어있는 카이만 악어 새끼를 보았다.

"아시겠지만 저 작은 악어가 여러분을 위험에 빠뜨리진 못했을 텐데요."

경관의 얼굴이 새빨개졌다.

"저, 저 녀석이 밤새 주위를 어슬렁거렸거든. 그래서 내가⋯⋯."

타쿠아주가 묘한 웃음을 지으며 말했다.

"경관님, 여기는 악어들이 사는 곳이에요. 어슬렁거린 쪽은 우리지요. 악어들이 아니라요."

아구스토는 어리석은 짓을 저지른 아이처럼 눈을 내리깔았다.

따가운 햇볕이 내리쬐면서 안개는 사라졌지만 모기떼는 여전히 기승을 부렸다. 마치 마법처럼 나무숲이 전날보다 훨씬 가깝게 보였다.

타쿠아주가 말했다.

"저쪽이에요."

아무도 그의 말에 딴죽을 걸지 않았다. 우리는 타쿠아주를 세상 끝까지라도 따라갈 수 있었다.

35

〉〉〉 … 〈〈〈

전날엔 여러 시간 동안 같은 곳을 맴돌기만 했는데, 타쿠아주와 함께 가니 30분도 안 돼 마른 땅을 밟을 수 있었다.

타쿠아주는 약간 날카로운 목소리로 계속 노래를 부르며 단 몇 분 만에 모닥불을 피웠다. 모든 것이 축축한 곳에서 마른 나무는 도대체 어디서 찾았을까?

타쿠아주가 말했다.

"모두 따뜻한 걸 마셔야 해요. 옷도 좀 말리고요."

나는 타쿠아주 쪽으로 몸을 굽히며 말했다.

"타쿠아주……."

그가 웃었다.

"오래 전부터 아무도 날 그렇게 부르지 않아. 모두들 날 타쿠라고 부르지."

"그래, 타쿠. 우리를 어떻게 찾아낸 거야?"

"체코 아저씨가 어제 저녁에 날 이타와파에 내려줬어. 아저씨는 너랑 할아버지, 경관 아저씨만으론 분명 아무 것도 못할 거라고 했어. 그 다음엔 내가 흔적을 뒤쫓아 왔지. 밤이 되었을 땐 늪지에 발자국이 거의 남지 않았지만, 그래도 경험상⋯⋯."

타쿠는 노래를 다시 흥얼거리기 시작했다. 나는 경관의 커다란 카메라 안에 엄마의 메모리 카드를 끼워 넣은 다음, 첫 번째 사진을 화면에 띄우고 울티모의 얼굴을 최대한 앞으로 당겼다.

"이 사람 알아?"

타쿠는 사진들을 한 장씩 자세히 뜯어보았다.

"아니. 하지만 이 사람 울티모지?"

"그런 것 같아."

"네 엄마는 이 사람이랑 같이 있어."

"마지막 사진 봤어?"

타쿠가 고개를 끄덕였다.

"네 엄마가 여기 온 지 여러 해가 지났지만, 울티모가 엄마를 위협한 적은 한 번도 없어. 네 엄만 분명히 살아계실 거야."

나는 살며시 웃으며 말했다.

"나도 그렇게 생각해. 반딧불이들 때문이기도 하고."

"반딧불이?"

"응. 설명하긴 어렵지만. 설명할 수 없는 일들은 많잖아."

"그래. 나도 알아."

"아니, 몰라."

타쿠가 또다시 노래를 흥얼거리다가 말했다.

"이건 숲으로 떠난 사람들의 노래야."

"가사가 무슨 내용이야?"

"아무 내용 없어. 졸로크에게 우릴 도와 달라고 부탁하는 거지."

"졸로크?"

그는 죽은 악어 새끼를 봤을 때처럼 묘한 웃음을 지으며 말했다.

"졸로크는 네 반딧불이랑 비슷한 거야. 어떻게 설명해야 할지 모르겠네. 그걸 정령이라고 부르는 이도 있지만 완전히 같은 건 아냐. 졸로크는 어디에든 있어. 나무에도, 숲에도, 물에도, 동물들에게도……. 눈에 보이진 않지만 분명히 거기에 있어. 그렇기 때문에 졸로크들에게 말을 걸어야 해. 그래야 졸로크들의 기분이 좋아져서 우릴 도와주거든."

타쿠는 노래를 부르면서 가사의 뜻을 조금씩 알려줬다.

"아네보 아우우 카아그 업 아 아암나 네이케, 나를 맞아줄 숲에 부탁합니다. 우 페이 티로오 제우 오베 타피페……, 곧 마을로 돌아갈 수 있기를……."

숲이 나를 다정하게 맞아주기를, 엄마를 찾아서 함께 돌아갈 수 있게 되기를. 그것 말고는 아무 것도 바랄 게 없었다.

"그 노래 나한테도 좀 가르쳐 줄래?"

우리가 노래를 부르는 동안 힘겨웠던 지난 밤 때문에 피곤에 지친 경관과 할아버지는 낮잠을 잤다. 타쿠는 내게 노래를 가르쳐 주었고, 나는 가사를 정확하게 발음하려고 애를 썼다.

타쿠가 말했다.

"그렇게 발음해서 졸로크가 네 노래를 제대로 알아들을지 모르겠다."

"졸로크도 노력을 해야지. 중요한 건 마음이잖아."

아녜보 아우우 카아그 업 아 아암나 네이케…….

36

>>> ··· <<<

엄마가 표시를 한 지도를 할아버지가 건네자 타쿠가 싱긋 웃었다.

"전 이런 건 하나도 모르겠어요. 숲은 종이에 있는 게 아니에요, 어르신. 그냥 여기에 있죠."

그는 나무들, 덩굴, 늪지와 나무등치에 쏟아질듯 붙어있는 이끼들을 가리켰다.

"그럼, 그렇고말고! 그런데 이 길은 어디로 계속되나?"

타쿠가 대답했다.

"저쪽으로요."

확실히 그래 보였다.

타쿠가 어떤 나무에 다가가 가지를 들추니 마체테로 그은 표식 두 개가 나타났다. 표식은 다시 자라난 나무껍질에 반쯤 묻혀 있었다. '길'은 나무들 사이에서 곧게 자란 풀 몇 포기를 밟은 흔적일 뿐이어서 타쿠가 없었다면 결코 알아보지 못했을 터였다.

하늘이 전혀 보이지 않는 터널 같은 길로 접어들었다. 벌레들이 윙윙거리는 가운데 초록빛 어둠이 우리를 감쌌다. 나무들은 까마득히 높았고, 잎은 너무 빽빽해서 햇빛이 땅까지 결코 닿지 못했다. 이타와파보다 숲은 더 푸르렀고 더 비밀스러웠다. 우리는 숲의 침입자였다. 우리가 다가가자 새들이 날아올랐고, 걸을 때마다 동물들이 쏜살같이 달아났다. 때때로 너무 가까운 곳에서 움직임이 느껴져서 나는 소스라치게 놀랐다. 동물들은 결코 모습을 드러내지 않았고 도망치는 소리만 들려주었다. 공기가 너무 무거워서 나는 걸음을 옮길 때마다 하늘 한 자락을 등에 지고 가는 것 같은 기분이 들었다.

타쿠는 여전히 노래를 흥얼거리며 맨 앞에 서서 마체테로 길을 열면서 갔다. 아구스토 경관이 총을 꽉 쥐고 카메라도 단단히 멘 채 타쿠의 뒤를 그림자처럼 따라갔다. 할아버지는 맨 뒤에서 걸어오고 있었다. 나는 할아버지가 다가오기를 기다리다가 물었다.

"오늘 아침에 무슨 이야기를 하려고 했어요?"

할아버지가 의아한 얼굴로 바라봐서 나는 다시 물었다.

"총소리가 들리기 전에 말이에요."

할아버지가 깜짝 놀라며 되물었다.

"내가 너한테 무슨 이야기를 하려고 했다고? 잊어. 중요한 얘기가 아니었을 거야."

"하지만 울었잖아요. 겁이 난다면서요……."

"쓸데없는 소리. 내가 술을 너무 마셨구나……. 좀 도와다오."

나무둥치가 길을 막고 있었다. 나는 할아버지에게 손을 내밀었고, 할아버지가 잡으려고 하자 손을 피했다. 할아버지는 나뭇가지를 붙잡으려다가 발을 뒤로 헛디뎠고 '헉'소리를 내며 벌렁 넘어졌다. 숨을 몰아쉬는 할아버지 곁에 나는 섰다. 그러다 할아버지와 눈이 마주치자 나는 말했다.

"도와준다는 걸 깜빡 잊었어요. 그렇게 중요한 일은 아니니까요."

할아버지는 가까스로 일어나서 혼자 힘으로 나무둥치를 타 넘으려고 했다. 나는 꼼짝도 않고 서 있다가 문득 할아버지가 엄마랑 같은 표현을 사용했다는 사실을 떠올렸다.

엄마는 수첩에 썼다.

'내가 방금 발견한 것이 두렵다.'

할아버지도 똑같이 말했다.

'나는 두렵다, 탈리아.'

두 사람 다 무엇이 그토록 두려웠을까?

결국 나는 할아버지에게 손을 내밀었고, 할아버지는 내 손을 잡고 곁으로 와서 숨을 헐떡이며 말했다.

"내가 말했잖니, 탈리아. 날이 밝으면 할 수 없는 얘기라고. 밤에 이야기해야 해. 비밀은 어둠이 필요하거든. 지금은 너무 늦었다, 너무 늦었어……."

"그럼 오늘밤에는 어때요?"

할아버지는 대답하지 않았다.

타쿠는 계속 노래를 부르고 있었다. 나도 노래를 따라 부르며 타쿠한테로 갔다.

타쿠가 돌아보며 말했다.

"썩 나쁘지 않은데. 할아버지는 잘 따라오고 계시니?"

"노인네 걱정은 안 해도 돼."

아녜보 아우우 카아그 업 아 아암나 네이케…….

부디 나를 품어주기를 숲에 간절히 빌었다.

37

>>> ... <<<

빗방울이 나뭇잎을 타닥타닥 때리며 떨어졌다. 땅바닥에 내린 비는 나무둥치 사이를 졸졸 흘러내려 갔고 타쿠는 계속 노래를 불렀다. 우리가 걷기 시작한 이후로 속삭이듯 작게 부른 적은 있지만, 노래를 한 번도 그친 적이 없었다. 줄곧 같은 음, 같은 박자였지만 어떨 땐 내게 가르쳐 준 가사로, 어떨 땐 다른 가사로 불렀다.

길이 가팔라졌고 비 때문에 풀이 미끌미끌했다. 우리는 발걸음을 옮길 때마다 미끄러졌고 할아버지는 무척 애를 먹었다. 아구스토 경관은 타쿠의 뒤를 바짝 쫓으려고 애쓰며 소리 질렀다.

"제발 좀 그만 해."

경관은 잔뜩 화가 난 것 같았다. 타쿠가 뒤돌아서서 물었다.

"잠깐 쉬었다 갈까요?"

"아니. 좀 조용히 해. 노래 그만 불러. 더는 못 들어주겠어. 머리가 터질 것 같다고."

"그렇게 하죠, 경관님. 저희 원주민들은 오래 전부터 복종하는 법을 배워 왔으니까요."

"거참, 아니라니까! 내가 말하고 싶은 건 그게 아니라고. 그냥……."

"그냥 제가 조용히 하면 좋으시겠다고요?"

타쿠는 또다시 묘한 웃음을 지었고 다시 걷기 시작했다. 노랫소리 없이 숲에서 나는 소리와 빗소리, 발걸음을 옮기는 소리만 들렸다. 빗방울이 타닥거렸고 나뭇가지가 딱딱 부러지는 소리가 났다. 타쿠의 목소리가 없으니 숲이 한층 더 무서운 곳처럼 느껴졌다. 경관도 그렇게 느꼈는지 자기 식대로 투덜거리면서 표현했다.

"젠장! 다리 아파 죽겠네. 아직 많이 가야 해?"

"조금만 더 가면 돼요. 조금만요."

"나 기분 좋으라고 그렇게 말하는 거지?"

"보이는 대로 말씀드리는 거예요. 저길 보세요……."

타쿠가 주위에 있는 나무들을 가리키자 아구스토 경관이 볼멘소리로 대답했다.

"나무잖아. 빌어먹을! 나무 말고 다른 거 보여 줄 건 없어? 앞에도, 뒤에도, 위에도 온통 나무뿐인데!"

"하지만 나무라고 다 똑같지는 않아요. 잘 보세요. 조금 전부터 그렇게 큰 나무가 보이지 않아요. 우리 동네에선 하늘에 닿을 만큼 커다란 나무를 '웨웹테'라고 부르죠. '조상 나무'라는 뜻이에요. 조상 나무들이 사라졌어요."

할아버지가 다가왔다.

"그러니까 그 말은……."

"이쪽, 저쪽에서 누군가 조상 나무들을 베어 갔다는 뜻이에요. 여기도요……."

타쿠는 빽빽하게 나 있는 이끼를 훌쩍 뛰어넘었다. 수북이 쌓인 나뭇잎 아래 색깔이 짙은 자국 같은 것이 있었다. 어떤 자국은 꽤 커서 건너려면 몇 걸음을 걸어야 했다. 타쿠가 그중 하나 앞에 쪼그리고 앉아서 말했다.

"이걸 보세요. 전엔 여기에 나무 한 그루가 있었어요. 아주 커다란 나무였는데 베어졌네요. 동물들과 흰개미들이 그루터기를 갉아먹었어요. 하지만 아직 그 흔적은 알아볼 수 있지요."

타쿠가 일어섰다.

"백인들이 나무들을 베어 갔어요. 기계를 가지고요. 원주민들은 조상 나무는 건드리지 않거든요. 절대로요."

할아버지가 무릎을 꿇었다. 나무 그루터기의 흔적은 모래처럼 할아버지의 손가락 아래에서 바스러졌다. 할아버지는 타쿠를 올려다보며 물었다.

"얼마나 오래된 것 같나? 알면 말해주게."

"정확하게 말하긴 어렵지만……, 수십 년은 된 것 같아요. 한 삼사십 년쯤이요. 그 이후로 나무가 다시 자라난 것 같네요. 여기선 나무가 빨리 자라지만, 조상 나무가 되려면 수백 년은 걸린답니다, 어르신."

할아버지는 관절에서 딱딱 소리를 내며 다시 일어섰다. 약간 혼란스러운 얼굴로 주위를 둘러보며 뭔가를 찾으려는 듯 나무줄기와 가지를 하나하나 유심히 살펴보았다. 우리는 아무 말 없이 할아버지를 지켜보았다. 뭔가 이해할 수 없는 일이 벌어지고 있었고, 오직 할아버지만이 설명해 줄 수 있었다.

침묵을 맨 먼저 깬 사람은 타쿠였다.

"예전에 여기 와 보신 적이 있으시죠, 어르신? 제가 잘못 짚었나요?"

타쿠의 말은 질문이 아니라 확인이었다.

할아버지는 어깨를 으쓱하며 말했다.

"말도 안 되는 소리! 왜 그런 말을 하나? 이런 오지에 내가 뭐 하러 와? 지금 난 딸을 찾으러 온 것뿐이야."

타쿠가 고집스럽게 말했다.

"하지만 어르신의 행동과 눈빛은 숲을 잘 아는 분 같아요. 제가 틀릴 수도 있죠. 아니면 어르신이 잊으셨던가요."

할아버지는 또다시 어깨를 으쓱했지만 타쿠의 눈빛을 피했다. 숲에서 나뭇잎에 물방울이 똑똑 떨어지는 소리가 들려왔고 우리는 말없이 길을 떠났다. 길은 벌써 오래 전에 사라졌지만 타쿠는 걸어가다가 몸을 굽혀 풀줄기나 이끼를 관찰하다가 고개를 끄덕였다. 옳은 길로 간다는 뜻이다. 하지만 어디로 가는 길일까?

타쿠가 진창에 찍힌 자국을 손가락으로 가리켰다.

"탈리아, 누가 여길 지나갔어. 그리 오래 된 것 같진 않아."

"우리 엄마?"

타쿠가 고개를 저었다.

"아니. 맨발로 다니는 사람이야."

"그럼 울티모?"

"아마도."

오르막길의 꼭대기에 다다르자 반대쪽 비탈로 내리막이 이어졌다. 나는 엄마가 지도에 써 놓은 이름을 다시 생각해 보았다. 발레지뇨 데 마키나스……. 기계들의 골짜기, 그러니까 골짜기는 지대가 낮은 곳에 있을 수밖에 없었다.

우리는 물을 잔뜩 머금은 땅에서 미끄러지며 아래로 내려갔다. 타쿠는 자기도 모르게 다시 노래를 부르기 시작했다. 조그맣게 흥얼거리는 목소리가 윙윙거리는 벌레 소리에 섞여서 나무 그늘 아래에서 울려 퍼졌다. 이번에는 아구스토 경관도 잠자코 있었다. 타쿠의 목소리가 숲에서 나는 소리보다 훨씬 더 안심이 되었기 때문이다.

타쿠가 갑자기 걸음을 멈추고 나지막한 소리로 말했다.

"도착한 것 같아요."

38

>>> ... <<<

눈앞에 펼쳐진 광경을 이해하는 데 시간이 좀 걸렸다. 숲 속 한 가운데 빈터에 버려진 벌목 기계들이 여기저기 널브러져 있었던 것이다. 무한궤도, 톱날, 기계 팔, 체인 등으로 무장한 거대한 기계들이 녹이 잔뜩 슨 채 서 있었다. 마치 한창 움직이고 있다가 갑자기 천재지변을 맞아 그 상태로 굳어 버린 것 같았다. 어떤 기계들은 돋아난 나무뿌리에 밀려서 쓰러져 있었고, 어떤 기계들은 바퀴에 이끼가 잔뜩 껴서 공중에 붕 떠 있는 것처럼 보였다. 양철로 된 기계 표면을 뚫고 나무들이 자라났고, 무성한 풀이 기계를 조금씩 뒤덮고 있었다. 커다란 고철 덩어리가 쇠스랑에 얹혀 땅에서 몇 미터 위에 떠 있었는데, 나무가 자라면서 점점 더 올라가고 있었다. 타쿠 말로는 삼사십 년쯤 된 것 같다고 했다. 그 세월 동안 숲이 기계들에 복수를 하고 있었던 셈이었다. 숲은 자신을 먹어 치운 기계들을 시간을 들여 차근차근 부서뜨리고 있었다.

우리는 '기계들의 골짜기'에 마침내 도착했고, 세상의 종말 같은 광경을 마주했다. 아구스토 경관은 얼른 카메라를 꺼내 들었고, 기진맥진한 할아버지는 나무둥치에 몸을 기댄 채 떨리는 손으로 술병을 입에 가져다 댔다.

아구스토 경관이 물었다.

"괜찮으세요?"

할아버지는 대답하지 않았다. 아구스토 경관은 몇 발자국 뒤로 물러나 허물어진 벌목 기계들을 찬찬히 뜯어보며 사진을 찍었다.

나는 가장 가까이에 있는 기계를 쓰다듬어 보았다. 녹이 모래처럼 손가락 사이로 스르르 빠져나갔고 문득 엄마가 수첩에 써놓은 말이 떠올랐다.

'그곳에 다시 가 본 이유는 오로지 내가 꿈을 꾸지 않았다는 것을 확인하기 위해서였다. 내가 본 건 진실이었다. 세월의 더께가 앉고 녹이 슬어서 겨우 읽을 수 있었지만, 그 글자는 분명 그곳에 있었다.'

엄마가 말한 글자가 있을 곳은 여기뿐이었고, 나는 그걸 찾아야 했다. 벌목 기계들을 자세히 살펴보며 엄마를 그토록 두렵게 했던 게 뭔지 찾아내야 했다.

아구스토 경관도 나랑 똑같은 생각을 한 것 같았다. 그는 녹슨 기계들에 바싹 다가가서 코를 처박고 하나하나 살펴보았다.

경관이 멀리서 소리쳤다.

"이 벌목기부터 시작할게."

경관의 말이 귀에 들어오지도 않았고 전혀 중요하게 느껴지지 않았다. 내 머릿속엔 오로지 글자를 찾아야 한다는 생각밖에 없었다. 타쿠가 기계의 양철 판을 요란하게 두드렸다.

"뱀 때문이야. 철판이 열을 머금어서 따뜻해지기 때문에 뱀들이 좋아하거든. 두 사람은 뭘 찾는 거야?"

나는 타쿠에게 설명해주었고, 타쿠도 기계를 찬찬히 뜯어보기 시작했다. 할아버지는 나무 아래 앉아서 꼼짝하지 않고 멍하니 우리를 지켜보았다.

기계를 하나하나 안팎으로 꼼꼼히 살펴보자니 시간이 무척 많이 걸렸다. 문들은 세월의 더께와 녹이 켜켜이 쌓여 땜질로 꽉 붙여놓은 것처럼 열리지 않았고, 유리창들은 날아갔고 철판으로 만든 바닥은 건드리기만 해도 허물어졌다.

나는 막대기 하나를 들고 둥지를 튼 커다란 거미들을 쫓아내며 벌목 기계들을 샅샅이 살펴보았다. 때때로 뱀이나 커다란 지네도 있었는데, 내가 눈치채기도 전에 쏜살같이 철판 사이로 달아났다. 그때마다 난 얼어붙은 듯 가만히 서 있었다. 이곳에는 치명적인 상처를 입히거나 맹독을 쏘는 동물들이 있고, 그런 동물한테 잘못 걸리면 꼼짝없이 죽는다. 나는 손을 가슴에 올리고 벌렁거리는 심장이 진정하기를 기다렸다. 그런 다음 숨을 죽이고 다시 찾기 시작했다.

어느새 밤이 되었다. 고철 덩어리에 등을 기대고 서 있다가 커다란 박쥐 한 마리가 코앞에서 날아가는 바람에 나는 잔뜩 겁에 질렸다. 어찌나 놀랐던지 금세 눈에 눈물이 가득 고였다.

타쿠가 말했다.

"컴컴해서 아무 것도 안 보이는데 그만 할까? 내일 날 밝으면 다시 찾자."

나는 고개를 저었다. 반드시 찾아야 했다. 글자는 분명 여기에 있고, 나는 밤을 새서라도 찾을 작정이었다. 개구리 떼가 요란하게 울어 대는 가운데 우리는 헤드랜턴을 켜고 조사를 계속했다.

한참 후에 아구스토 경관의 목소리가 들려왔다.

"여기 좀 와 봐, 탈리아."

목소리만 듣고도 나는 그가 찾았음을 알았다. 경첩이 반쯤 빠져서 문이 덜렁거리는 벌목 기계였다. 칡넝쿨이 벌목기를 으스러뜨리려는 듯 칭칭 감고 있었다.

"이걸 봐."

경관은 문 쪽에 전등을 비췄다. 유리창이 있었던 듯한 구멍 바로 아래였다.

처음엔 아무 것도 보이지 않았다. 경관이 더 아래쪽으로 불빛을 비춰 주자 비로소 철판에 서툰 필체로 커다랗게 새긴 글자가 보였다. 못 같은 뾰족한 철 끝으로 새겨 넣은 듯한 글자는 거의 지워졌지만 알아볼 수는 있었다.

예수스 G. 자브로스키 – 1974

나는 녹이 슨 명패에서 눈을 떼지 못한 채 손으로 입을 가리고 비명을 삼켰다.

예수스 자브로스키! 예수스 길렘 자브로스키. 할아버지의 이름이다.

39

⟫ ··· ⟪

등 뒤에서 발자국 소리가 들렸다.

뒤를 돌아보니 할아버지였다. 할아버지는 눈을 가느스름하게 뜨고 아구스토 경관이 손전등을 비추는 곳을 바라보고 있었다. 그리고 얼굴을 찌푸리고 몸을 굽혀 녹슨 철판에 새겨진 자신의 이름을 보며 웅얼거렸다.

"칠사……, 일구칠사."

할아버지는 뒤돌아서서 나를 바라보았다. 어둠 속에서 빛나는 손전등 불빛에 할아버지의 그림자가 도드라져 보였다.

"이 사람이 나라고 누가 그래? 이놈의 나라에 예수스 자브로스키라는 사람이 얼마나 많겠어? 같은 이름을 가진 사람이 적어도 둘은 있겠지. 아니면 셋, 열 사람이라도……. 나 말고도 있을 거야. 그렇지 않니?"

할아버지의 말이 곧이곧대로 믿기지 않았다.

"게다가 올해가 몇 년이냐?"

나는 작은 소리로 대답했다.

"2010년이요."

"벌써 36년 전이다. 시효가 다 됐잖아? 그 시절의 자브로스키는 이제 없다. 지금은 흐물흐물해진 미친 늙은이가 됐겠지."

할아버지는 술을 한 모금 마셨다.

"경관, 자네는 법을 다루는 사람이잖아. 자네가 말해 봐. 시효가 다 됐나, 안 됐나?"

아구스토 경관은 대답하지 않았다. 할아버지는 철판 위로 손을 뻗었다. 그리고 이름이 새겨진 곳에 엄지손가락을 대더니 내게 눈을 고정한 채 지그시 눌렀다. 엄지손가락의 힘에 두껍게 쌓인 녹이 먼지처럼 바스러졌다. 지네 한 마리가 쏜살같이 도망쳤고, 할아버지가 누른 자리에는 구멍만이 남아있을 뿐 글자는 사라졌다.

할아버지는 몸을 일으키더니 퉁명스럽게 말했다.

"자, 이제 끝났다."

나는 할아버지의 소맷자락을 붙잡고 말했다.

"아뇨. 안 끝났어요. 이제 나한테 모든 걸 말해 줘야 해요. 그 시절에 나무를 베던 벌목꾼들 중 하나였던 거죠? 왜 갑자기 모든 걸 포기했나요? 여기서 무슨 일이 있었던 거예요? 어젯밤에 나한테 말하려던 건 뭐였어요? 뭔가를 겁내고 있었어요. 엄마처럼……. 나한테 뭐 말할 거 있죠?"

할아버지는 고개를 저었다.

"아니야, 탈리아. 말해 줄 거 없다. 네가 무슨 말을 하는지 모르겠구나. 내가 예전에 여기 온 적이 있다는 걸 누가 믿겠니. 아무도 안 믿을 거야. 증거가 하나도 없으니까. 우리 친구 아구스토도 사진 찍는 걸 깜빡 했잖아. 나는 그저 딸을 찾으러 왔을 뿐이야."

할아버지의 목소리가 떨렸다. 내 이마에 단 헤드랜턴 불빛에 할아버지의 우는 모습이 비쳤다. 할아버지는 내 어깨를 스쳐 지나갔고, 누구도 어둠 속으로 멀어져 가는 할아버지를 잡을 엄두를 내지 못했다.

40

>>> ··· <<<

타쿠가 모닥불을 피웠지만 나는 온몸이 얼어붙는 것 같았다. 방금 전에 일어난 일이 어떤 의미인지 알 수 없었다. 나는 영문을 모른 채 이리저리 몸을 뒤척였다. 타쿠와 아구스토 경관은 내게서 약간 떨어진 곳에 자리를 잡았고, 나는 할아버지가 와서 자초지종을 이야기해 주기를 밤새 기다렸다.

결국 할아버지는 오지 않았고, 나는 해 뜨기 직전까지 추위와 피곤에 시달리다가 아침이 다 돼서야 잠이 들었다.

꿈속에서 나는 페케누와 함께 있었고, 발레지뇨 데 마키나스의 기계들이 운전하는 사람 없이 스스로 움직이고 있었다. 벌목기들이 거대한 나무들을 베어서 조용히 넘어뜨렸고, 다른 기계들은 엄청난 힘으로 나무들을 공중으로 던졌다. 나무들은 전투기처럼 전속력으로 하늘을 가로질러 날아다녔고, 나무 꼭대기를 스쳐 지나가서 지평선 너머로 사라졌다. 정말 무서웠지만 가장 끔찍한 건 소리가 전혀 들리지 않는 것이었다. 너무 조용해서 거기서 무슨 일이 벌어지는지 아무도 모를 것 같았다. 나는 페케누의 손을 꼭 쥐고 구덩이 속에 숨어 있었다. 그 아이를 보호해 주고 싶었다. 갑자기 나무 한 그루가 땅 쪽으로 비스듬히 쓰러지면서 우리를 덮쳤다.

나는 페케누에게 가까스로 소리쳤다.

"뛰어!"

그때서야 소리가 들리기 시작했다. 커다랗게 쿵쿵거리는 소리가 숲 쪽으로 점점 가까워 오고 있었다. 나는 땀에 흠뻑 젖은 채 벌떡 일어났다. 가슴이 벌렁거렸다. 날이 훤하게 밝았고 타쿠는 내 바로 옆에 웅크리고 앉아 있었다.

타쿠가 낮은 목소리로 물었다.

"괜찮아? 방금 네가 울어서 내가……."

나는 잠시 꼼짝 않고 주위를 살폈다. 잠에서 깨어났는데도 나무들 심장 소리 같이 계속 쿵쿵대는 소리가 들려왔다. 소리는 진짜였다. 꿈을 꾸는 게 아니었다.

"저 소리 들려?"

귀를 찌르는 부르릉대는 소리가 끈질기게 들렸다.

타쿠가 고개를 끄덕였다.

"아침부터 들리기 시작했어. 기계 소리야."

"기계?"

타쿠가 또다시 고개를 끄덕이며 말을 이었다.

"여기서 아주 가까운 곳에 피자아우라 강이 있는데, 거기 바로 근처에서 아메라다 석유회사가 공사를 해. 그쪽 강가를 따라서 유전 개발권을 얻었지."

"그런데 노인네는?"

타쿠가 고개를 저었다.

"못 봤어. 어디론가 가버리셨어. 그렇게 멀리 가시진 않은 것 같은데 흔적이 없어."

41

우리는 다시 골짜기를 걸어가기 시작했다. 타쿠가 맨 앞에서 마체테를 휘두르며 길을 냈고 모기떼가 따라붙었다. 걸을 때마다 땅바닥이 물컹한 고무 매트를 딛는 것처럼 푹푹 빠졌고, 나무와 수풀이 하늘을 가릴 만큼 빽빽했다. 쿵쿵거리는 기계 굉음도 여전했다. 타쿠는 작은 목소리로 숲의 졸로크들에게 바치는 노래를 했다.

"졸로크들에게 지금 이 순간 숲 속을 걷는 사람들을 잘 맞아 달라고 부탁하고 있어."

"우리 엄마도 보호해 줄까?"

타쿠는 노래를 계속하다가 대답했다.

"그런 게 아니야. 졸로크는 아무도 보호해 주지 않아. 네가 졸로크를 존중하면, 졸로크도 너를 존중해 줄 거야. 네가 졸로크를 차갑게 대하면 졸로크도 너를 차갑게 대할 거고."

"그럼 우리 엄마는……, 우리 엄만 졸로크들을 존중할까?"

타쿠는 마체테를 휘두르며 대답했다.

"그럴 것 같아."

수풀은 점점 더 빽빽해졌다. 꿈속에서 봤던 것처럼 하늘을 찌를 듯이 거대한 나무들이 불쑥불쑥 튀어나왔다. 나뭇가지들이 뒤죽박죽 얽힌 덩굴, 나무껍질에 붙은 이끼, 풀들에 가려 보이지 않았다. 숲은 도저히 빠져나갈 수 없는 끝없는 미로 같았다. 때때로 이끼에 덮인 커다란 나무등치들이 쓰러져 있어서 넘어가느라 미끄러지기도 했다. 하지만 아무리 빽빽한 수풀이라도 타쿠는 지나갈 수 있는 길을 만들어 냈다. 아구스토 경관은 카메라를 어깨에 두르고 총을 겨누며 이를 악물고 나아갔다.

나는 레오포우지나에서 할아버지가 봐 준 타로 점 생각을 떨칠 수가 없었다. 겨우 며칠 전 일이라 할아버지의 목소리가 아직도 귀에 들리는 듯했다.

'이건 비밀의 아르카나야. 뭔가를 감추는 카드지. 그림자는 비밀에 가득 싸여서 그 속에 무엇을 숨기고 있는지 아무도 몰라.'

할아버지가 그날 밤 자기 자신에 대해 말했음을 이제 알 것 같았다. 비밀을 쥔 누군가가 바로 할아버지였다. 1974년, 할아버지가 자신의 이름을 벌목기 문에 새겼던 당시 이곳에서 무슨 일이 벌어진 걸까? 할아버지는 무슨 일을 한 걸까? 왜 계속 숨겨왔을까? 벌목꾼들은 왜 기계를 내버려두고 가버린 걸까?

마지막으로, 할아버지는 비밀을 영원히 털어놓지 않으려고 숲 속에서 실종되는 걸 택한 걸까?

나는 등골이 오싹해졌다. 생전 처음으로 내가 할아버지를 얼마나 의지하고 살았는지 깨달았다. 할아버지는 거짓말을 하고 카샤사 술을 마셔댔지만, 15년 동안 한결같이 내 곁에 있었다. 할아버지가 이렇게 갑자기 내 곁을 떠나지 않았으면 했다. 나는 솟구치는 눈물을 삼키려 애썼다.

타쿠가 별안간 발을 멈추더니 내게 얼굴 높이에서 부러진 나뭇가지 하나를 보여 주었다. 그런 나뭇가지가 조금 떨어진 곳에 하나 더 있었다.

"우리보다 먼저 여기 온 사람들이 있어."

"할아버지일까?"

타쿠가 고개를 저었다.

"아니. 훨씬 전이야. 부러진 부분이 마른 걸 보면 적어도 사나흘은 지난 것 같아."

"그럼 어쩌면⋯⋯."

나는 말을 맺지 않았고, 우리는 모기떼와 싸우며 계속 앞으로 나아갔다. 길을 걸으며 나뭇가지가 부러지지 않았는지, 풀에 밟힌 자국은 없는지 꼼꼼하게 살폈다. 하지만 타쿠가 알려주기 전에는 아무 것도 찾을 수 없었다.

"저길 봐!"

가시에 조그만 천 조각이 걸려 있었다. 울티모는 옷을 입지 않았으니 이건 분명……. 나는 떨리는 입술로 나지막이 엄마를 불러 보았고, 천 조각을 집어 가슴 근처에 있는 셔츠 주머니에 넣었다.

땀으로 범벅이 된 얼굴로 아구스토 경관이 중얼거렸다.

"우리가 길을 잘 찾아가고 있구나, 탈리아."

그는 나만큼이나 감정이 북받치는 듯 했다.

길은 수풀 속으로 사라졌고 따라가기가 점점 더 힘이 들었다. 타쿠마저 자꾸 오랫동안 망설이다가 겨우 방향을 찾아갔다. 기계 소리가 조금씩 가까이 들려왔다. 우리보다 앞서서 이곳을 지나간 사람들은 길을 훤하게 아는 것 같았다. 새들과 조그만 와카리원숭이들은 벌써 오래 전에 달아났고, 우리는 끈질긴 모기떼들과 함께 요란한 기계 소리로 조금씩 나아갔다.

시간을 가늠하는 것도 그만두었다. 무성한 수풀을 통과하며 남아 있는 실낱같은 흔적만이 중요했다. 우리는 앞선 사람들이 며칠 전에, 아니 어쩌면 몇 시간 전에 남긴 발자국을 밟으며 갔다.

뒤에서 나뭇가지 하나가 딱 소리를 내며 부러졌다. 타쿠는 멈춰 서더니 입에 손가락을 댔다. 그리고 잠시 소리를 듣고 싱긋 웃으며 말했다.

"할아버지야. 우릴 따라오고 계셔."

"정말 노인네가 확실해?"

"그럼 누구겠니?"

나는 뒤를 돌아보았다. 눈에 보이진 않았지만 할아버지가 확실히 있다는 소리가 들렸다. 그래서 마음이 놓였다. 늘 뭔가를 숨기고, 숨어 있으려는 할아버지다운 행동이었다.

엔진이 부르릉거리는 소리, 무한궤도가 삐걱대며 굴러가는 소리, 불도저 소리, 바위에 긁히는 쇳소리……. 이제 공사 현장이 무척 가까워져서 잠시 후면 도착할 것 같았다. 일하는 인부들의 목소리도 간혹 들렸다.

갑자기 나뭇가지 사이로 불빛이 반짝였고, 어둠이 옅어지더니 하늘이 나타났다.

누가 들을 새라 타쿠가 작은 소리로 속삭였다.

"강에 도착했어. 공사 현장은 저기 나무들 바로 뒤야. 우리보다 앞서서 온 사람들은……."

타쿠는 발치에서 나뭇가지 몇 개를 들춰서 모닥불을 조그맣게 피운 흔적을 보여주었다. 자토바 나무뿌리 사이에 재가 꼭꼭 숨겨져 있었다. 타쿠는 재 위에 손을 갖다 대며 말했다.

"그 사람들은 간밤에 여기서 야영을 했어."

타쿠는 이름을 말하지 않고 '그 사람들'이라고 했다. 나 역시 감히 그들이 누구라고 구체적으로 말할 수 없었다. 우리는 앞선 사람들이 간 길을 따라갔다. 지금은 그밖에 다른 건 아무 것도 확실한 게 없었다.

타쿠는 주변 나무들을 하나씩 살펴보고 쇠스랑으로 긁은 자국을 찾아냈다.

"여기에 해먹을 걸었어. 아무도 못 알아보겠네."

아구스토 경관은 나무에 난 자국을 손가락으로 더듬어보더니, 이마의 땀을 닦으며 중얼거렸다.

"타쿠, 너는 경찰을 해도 잘 하겠다."

타쿠는 벌써 저만치 앞서 가고 있었다. 나는 따라가고 싶었지만 타쿠가 멈추라고 손짓했다. 타쿠는 꼼짝도 않고 서서 강 쪽에서 벌어지고 있는 일들을 지켜보았다. 기계 소리가 무척 가까이에서 들렸지만 그는 노래를 부르고 있었다. 타쿠는 오랜 시간이 지난 후에야 뒤돌아섰다.

"왜?"

그는 대답은 하지 않고 눈을 반쯤 감은 채 계속 나지막이 노래를 불렀다. 그렇게 한참이 지난 후에 말했다.

"저 사람들은 미쳤어!"

타쿠의 목소리에 한없는 슬픔이 어려 있었다.

나는 아구스토 경관의 뒤를 따라 숲 가장자리까지 갔다. 그리고 우리는 숨을 죽인 채 눈앞에서 벌어지는 일들을 보았다.

42

⋙ ⋯ ⋘

100미터쯤 앞에서 피자아우라 강이 흐르고 있었다. 시커먼 하늘 아래 강물도 까만색이었다. 강가까지 나무들이 모조리 넘어져 있었다. 베인 게 아니라 불도저에 통째로 뽑힌 것이었다. 공사장 안쪽에서 커다란 기계들이 나무들을 재빠르게 쌓아 올리고 있었고, 암석층까지 땅을 파는 기계들도 있었다. 기계 주위에 헬멧을 쓴 남자들이 분주하게 움직이고 있었고, 아메라다 석유회사(Amerada Oil Company)의 약자인 'A.O.C.'가 파란 글씨로 커다랗게 적힌 깃발이 공사장 한복판에 나부끼고 있었다. 상류 쪽에는 철근으로 복잡하게 만든 구조물이 있었고, 시추기의 기다란 드릴이 뱅글뱅글 돌면서 땅을 천천히 파고 있었다. 바위에 기계가 부딪쳐서 듣기 싫은 소리가 났다. 펌프 여러 대가 쉴 새 없이 강물을 퍼 올렸고, 하류 쪽에서는 거대한 관 여러 개가 검고 진득한 액체를 울컥울컥 토해냈다.

아구스토 경관이 말했다.

"석유야."

아구스토 경관은 카메라 뷰파인더에 눈을 고정하고 연신 사진을 찍어댔다.

"저 사람들도 알겠죠?"

"당연히 알겠지. 그렇지 않으면 여기 있지도 않았을 거야."

이제 그들의 관심사는 오로지 이곳의 지층이 개발 가능한가일 것이다. 투자할 가치가 있다고 결정하면 모르긴 해도 수백 만 달러를 들여서 석유를 퍼 올릴 터였다. 다른 건 아무 것도 상관하지 않고……

타쿠가 가까이 왔고, 우리 세 사람은 공사장 쪽을 바라보며 말없이 나란히 서 있었다. 기계들뿐만 아니라 사람들도 쉬지 않고 움직였다. 마치 과열된 엔진 소리와 시추기 소리에 활력을 얻는 것 같았다. 무더운 공기 속에서 배기가스가 회색 층을 이루며 머물러 있었고, 주변 숲의 나무들은 배기가스를 흩어 버리려는 듯 커다란 나뭇가지를 흔들었다.

원주민들에게만 허락된 땅인 '원주민 보호구역' 한복판에 '엑스플로라도르 2000'이 있었다. 그곳에는 원래 아무도 들어갈 수 없었다. 장관의 명령이라도 개발 허가를 받을 수 없다고 엄마가 내게 여러 번 말했다. 그런데……

타쿠가 속삭였다.

"경비 요원들이야!"

파란색 유니폼을 입은 남자 둘이 숲 가장자리에서 나타났다. 어깨에 총을 둘러메고 공사장이 심각하게 위협 받기라도 하는 것처럼 삼엄하게 순찰하고 있었다. 경비 요원들이 말하는 소리가 드문드문 들려왔다. 그들은 우리 쪽으로 똑바로 오더니 커다란 나무 아래 멈춰 섰다. 너무 가까운 곳에 있어서 숨소리까지 들릴 지경이었다. 나는 두근거리는 심장을 진정시키려고 애썼다. 경비 요원 하나가 담뱃갑을 꺼냈고 곧 들척지근한 연기 냄새가 풍겨왔다. 그들이 뒤로 돌아서기만 했어도 우리를 봤을 것이다.

아구스토 경관이 조용히 그들의 사진을 찍었다.

경비 요원들은 주변에 눈길 한번 주지 않고 멀어져갔다.

타쿠는 경비 요원들 소리가 들리지 않을 때까지 기다렸다. 그런 다음 가방에서 쌍안경을 꺼내 숲을 샅샅이 살펴보았다.

"분명 이 근처에 있을 거야."

경비 요원들 이야기를 하는 게 아닌 것 같아서 과감하게 물어보았다.

"우리 엄마 얘기지? 엄마랑 울티모?"

타쿠는 고개를 끄덕이고 수색을 계속했다.

찜통 같은 더위 속에서 오후가 무르익어갔다. 우리는 자리에서 꼼짝 않고 주위를 살펴보았다. 어느새 구름이 하늘을 뒤덮어 날이 잔뜩 흐려졌다. 자욱하게 몰려든 파리와 모기는 점점 더 악에 받친 듯 윙윙거리며 날아다녔다. 바로 근처에 있는 나뭇가지에 초록색 이구아나 한 마리가 자리를 잡고 무심한 눈빛으로 우리를 지켜보았다. 타쿠는 폭우가 내릴 걸 대비해서 아사이 나뭇가지를 엮어서 움막을 만들었고, 아구스토 경관은 아메라다 석유회사 인부들을 끊임없이 찍어댔다. 나는 쌍안경으로 여기저기를 살펴보았다.

맞은편 강가에는 미로같이 빽빽한 숲이 있었고, 깎아지른 절벽 끄트머리에서 공사가 한창이었다. 거의 검은색으로 보일만큼 무성한 숲에서 거대한 쿠마카 나무 한 그루가 우뚝 솟아 있었다. 키가 너무 커서 꼭대기가 구름으로 가려질 정도였다. 타쿠가 말한 웨웹테, 조상 나무인 것 같았다.

어둠 속에서 갑자기 뭔가 움직였다. 나는 숨을 죽이며 쌍안경으로 숲 속을 낱낱이 살펴보았다. 움직이는 건 아무 것도 없었다. 무더위 속에서 끈적끈적해진 나뭇잎과 무성한 나뭇가지밖에 없었다. 야생동물일리도 없었다. 공사장 근처에 있는 동물들은 모조리 도망갔기 때문이다.

하지만 분명히 뭔가 움직였다.

미지근한 돌풍이 불어와 나뭇가지들을 마구 흔들었다. 곧 폭우가 쏟아질 것 같았다. 나는 첫 번째 번개가 하늘을 가르자 곧바로 쌍안경을 내렸다. 잠시 후 멀리서 천둥이 치는 소리가 들렸다. 그러자 마치 기다렸다는 듯이 불도저 한 대가 조상 나무 쪽으로 가기 시작했다. 커다란 불도저였지만 조상 나무 옆에 서니 장난감처럼 작아 보였다.

다시 번개가 쳤다.

그러자 또 저쪽에서 뭔가 움직인 듯한 느낌이 들었다. 이번엔 조상 나무의 발치 쪽이었다. 뭔가 재빠르게 움직이는 그림자가 보였다. 불도저는 나무에서 20미터 정도밖에 떨어지지 않았고, 쇠로 만든 작은 곤충처럼 몸체를 좌우로 흔들며 계속 가고 있었다.

나는 무슨 일이 벌어지는지 미처 깨닫기도 전에 비명부터 질렀다.

43

엄마와 울티모가 숲에서 불쑥 나왔다.

울티모는 실오라기 하나 걸치지 않은 알몸에 검은색과 빨간색 문양을 가득 그려 넣었고 엄마는 얼굴에 칠을 했다. 두 사람은 팔을 벌리고 불도저를 막으려는 듯 앞으로 걸어 나갔다.

불도저가 갑자기 멈췄다.

팔을 엇갈린 채 꿈쩍도 않고 있는 두 사람의 작은 그림자가 불도저 앞을 막아섰다. 나는 서둘러서 그쪽으로 갔다.

또다시 번개가 쳤고 천둥소리가 났으며, 비상 사이렌이 울리기 시작했다. 경비 요원들이 이내 몰려와 엄마와 울티모를 둘러쌌고 아메라다 석유회사 직원들이 다가갔다. 하지만 숲 한가운데서 얼굴에 칠을 한 여자와 벌거벗은 원주민이 나타난 것에 놀란 듯 다들 두 사람에게서 거리를 두고 서 있었다.

나는 그들에게서 몇 미터밖에 떨어져 있지 않았지만, 아무도 나를 신경 쓰지 않았다. 경비원들조차 내게 눈길을 주지 않았고, 모두 하늘에서 뚝 떨어진 듯한 원주민과 여자에게게만 정신이 팔려 있었다. 얼굴과 몸에 문양을 그려 넣어서인지 두 사람은 무척 닮아 보였다. 사이렌이 여전히 울리는 가운데 타쿠가 내게 다가왔고, 아구스토 경관은 어디론가 사라졌다.

내가 엄마 쪽으로 뛰어가려는 순간 공사장 인부 무리에서 한 남자가 앞으로 나섰다. 다른 사람들은 옆으로 비켜서며 길을 내 줬다. 남자는 불도저 옆에 섰고 총으로 무장한 경비 요원 두 명이 그를 보호했다.

"이런 젠장! 두 사람 거기서 무슨 짓거리를 하는 거요?"

그는 강한 외국인 억양으로 말했고 목소리가 떨리고 있었다. 화가 나서 그런 것 같았지만 겁이 나서인 것도 같았다. 울티모는 제자리에 가만히 있고 엄마가 앞으로 나섰다.

"그렇게 물어야 할 사람은 오히려 저인 것 같네요. 여러분은 지금 원주민 보호구역에서 허가 없이 공사를 하고 있어요."

남자는 신경질적으로 웃으며 말했다.

"우린 장관의 허가를 받고……."

엄마가 말을 잘랐다.

"장관은 허가할 권리가 없어요."

남자가 어깨를 으쓱했다.

"빌어먹을! 그러는 당신은 누구요? 석기 시대로 되돌아가고 싶은 망할 놈의 생태주의자요? 아니면 뉴에이지 신봉자요?"

"후아나 자브로스키 교수예요. 인류학자고 이 원주민 보호구역의 책임자죠."

나는 웃음을 참을 수 없었다. 얼굴에 칠을 한 엄마는 교수 같지도, 인류학자 같지도 않아 보였다. 게다가 약간의 거짓말도 섞여 있었다. 엄마는 몇 달째 그 어떤 책임자도 아니었기 때문이다.

엄마는 울티모를 가리키며 말을 이었다.

"이분은 이곳 원주민 보호구역의 유일한 합법 주민이에요. 이분 말고는 우리 모두 불법 침입자인 거죠."

경비 요원 한 사람이 귓속말을 했고 남자는 고개를 끄덕이더니 말했다.

"당신들에 관해선 전혀 들은 바가 없어요. 나는 장관이 서명한 허가서를 갖고 있고, 내 밑으로 쉰 명쯤 되는 사람들이 일하고 있소. 내가 아는 건 그게 다요. 누군지 알지도 못하는 교수와 벌거벗은 원주민 때문에 공사를 멈출 수는 없소."

남자는 잠시 기다렸다. 천둥이 망설이는 것처럼 나지막이 우르릉댔다. 그가 다시 말을 이었다.

"내가 당신들한테 말하고 싶은 건 이거요. 1분을 줄 테니 당신들이 온 곳으로 돌아가요. 당신들이 미적거리며 그 자리에 있어도, 불도저는 제 할 일을 계속 할 거요. 당신들 마음에 들건 안 들건 우리는 여기를 파헤치고 말 거요."

먼지 사이로 굵은 빗방울이 두둑두둑 떨어지기 시작했다. 엄마는 울티모에게 몇 마디 말을 전했고, 그들은 둘 다 불도저를 마주보며 꿈쩍 않고 서 있었다.

남자가 소리쳤다.

"10초 남았소!"

비가 점점 더 거세게 내렸다.

"5"

"4"

"3"

"2……."

그는 불도저 기사에게 신호를 했다. 불도저는 검은 연기를 내뿜으며 천천히 움직이기 시작했다. 엄마와 울티모는 땅에 뿌리를 내린 듯 미동조차 하지 않았다.

나는 목이 너무 메어서 소리를 지를 수도 없었다. 타쿠가 내 팔을 붙잡으며 속삭였다.

"차마 더 앞으로는 못 갈 거야."

타쿠가 옳았다. 불도저는 두 그림자 앞으로 채 20미터도 못 가고 다시 멈췄다. 얼굴이 파랗게 질린 기사가 내렸다. 엔진은 계속 돌아가고 있었고 그 소리가 천둥소리에 섞여서 들려왔다. 사이렌이 여전히 울리는 가운데 비는 이제 억수같이 퍼붓고 있었다.

공사장 책임자가 소리쳤다.

"앞으로 가!"

기사는 고개를 저었다.

그러자 책임자가 기사를 밀치고 직접 올라서 불도저를 몰고 다시 앞으로 나아가기 시작했다. 엄마와 울티모를 밀어내기라도 하려는 듯 배토판을 사람의 가슴 높이까지 쳐든 채였다. 비가 들이치는 운전석의 유리창 사이로 책임자의 모습이 보였고, 엄마는 땅에 두 발을 단단히 딛고 서서 두 눈을 크게 뜨고 그 책임자를 지켜보았다. 울티모는 눈을 감고 웅얼거리고 있었다. 어쩌면 타쿠처럼 노래를 부르며 졸로크에게 도움을 구하고 있을지도 몰랐다.

뼛속까지 젖어 드는 폭우 속에서 공사장 인부들은 꼼짝 않고 불도저를 바라보았고, 불도저는 계속해서 앞으로 나아갔다. 타쿠는 여전히 나를 붙잡고 있었다.

"놔줘, 난 가야⋯⋯."

말을 채 맺을 새도 없었다.

아무 말 없이, 소리도 없이, 어떤 남자가 불도저 앞으로 와락 뛰어들었고 정통으로 치어서 나가떨어졌다. 천둥과 땅을 후려치는 빗소리에도 몸을 때리는 둔탁한 쇳소리를 모두 들었다. 그 찰나의 순간 나는 그 남자가 할아버지임을 알아차렸다. 곰 같은 몸집, 회색 수염, 비에 젖어 딱 붙은 머리칼……

나는 비명을 질렀다.

타쿠의 손을 뿌리치고 부리나케 할아버지 쪽으로 달려가 꼭 끌어안으며 소리쳤다.

"할아버지! 할아버지!"

할아버지라고 부른 건 몇 년 만에 처음이었다. 내 눈물과 진창 속에 고인 할아버지의 피가 내리는 비에 섞여 들었다. 힘없이 고개를 떨어뜨리기 전, 할아버지가 나를 보고 미소를 지은 것 같았다. 어쩌면 내 상상이었을지도 몰랐다. 하지만 이제 그런 건 중요하지 않았다.

그 다음에 벌어진 일들은 다른 사람들이 이야기해 주었다. 혼란스러워서 무슨 일이 있었는지 제대로 기억할 수 없었다.

할아버지가 죽던 순간 벼락이 내려쳤다. 너무 강한 벼락이라 땅이 흔들리고 커다란 조상 나무가 휘청거릴 정도였다. 순식간에 조상 나무의 줄기가 갈라졌고 무중력상태인 것처럼 잠시 그대로 서 있었다. 그러다 주위를 둘러싼 빽빽한 나무숲 때문인지 천천히 쓰러지더니 마침내 완전히 넘어졌다.

손 하나가 나를 붙잡고 멀찌감치 떨어진 곳으로 데려갔다. 조상 나무가 넘어진 충격에 세상이 뒤집힌 느낌이 들었다. 나는 눈을 질끈 감았다.

눈을 다시 떴을 때, 사이렌이 계속 울리고 공사장 인부들은 사방으로 뛰어다니고 있었다. 조상 나무가 넘어지면서 불도저를 장난감처럼 뭉개버렸다. 비가 여전히 억수같이 퍼붓는 가운데 엄마와 나는 오직 서로만이 중요하다는 듯 꼭 껴안았다. 나는 엄마의 얼굴에 그려진 문양을 만져 보았다. 전쟁에 나갈 때 그리는 그림이라고 했다. 우리는 바보 같은 말들을 중얼거리며 숨이 막히도록 꽉 안았다.

바로 뒤에서 키가 크고 벌거벗은 원주민이 덤덤한 얼굴로 우리를 지켜보았다. 그 사람 덕분에 나는 목숨을 구할 수 있었다. 나무가 쓰러지는 순간 내 손을 붙잡고 데려간 사람이 바로 그 원주민이었다.

IV

원주민의 피

44

>>> ⋯ <<<

'아주 짧은 순간에 모든 일이 벌어질 수 있어. 인생의 흐름을 바꾸는 데는 0.5초면 충분하지. 중요한 건 그 순간을 잡는 거야. 적절한 시기를 놓치지 마.'

할아버지가 아구스토 경관에게 한 수수께끼 같은 '예언' 중 하나였다. 그 예언 속에 할아버지의 비밀이 숨겨져 있었다.

어떤 면에선 할아버지가 옳았다.

그날 아구스토가 찍은 사진 중 한 장이 전 세계에 알려졌다.

후면에는 약간 초점이 맞지 않았지만 아메라다 석유회사 공사 현장, 기계들, 헐벗은 땅, 넘어진 나무들, 유정 기둥, 검은 색으로 변한 강을 알아볼 수 있었다.

그리고 사진 전면에는 배토판을 쳐들고 노인을 후려친 불도저와 허공으로 공처럼 날아가는 노인이 있었다.

아구스토가 찍은 사진 속 할아버지는 하늘을 배경으로 보이지 않는 십자가에 매달린 것처럼 두 팔을 쫙 벌리고 있었다.

그 사진 한 장으로 엑스플로라도르 2000 계획은 중단되었다. 공

사장은 폐쇄되었고 허가는 취소되었다. 그리고 엄마는 이타와파의
원주민 땅을 되찾았다.

45

>>> ... <<<

할아버지는 이타와파의 숲에 묻혔다. 36년 전 일했던 발레지뇨데 마키나스의 기계들에서 몇 미터 떨어지지 않은 곳이었다. 울티모는 타쿠를 도와서 부족의 예법에 따라 할아버지를 묻었다. 저세상에서 할아버지가 보호 받을 수 있도록 아사이 나뭇잎으로 감쌌고, 곁에 카샤사 술을 담은 호리병박을 놓아두었다. 할아버지가 무척 좋아할 것 같았다.

'아주 오랫동안 숨겨 왔던 비밀 말이다…….'

레오포우지나에서 타로 점을 쳐 주던 날, 할아버지는 카샤사 술을 마시며 내게 말했다. 결국 할아버지는 이타와파와 얽힌 비밀을 끝내 얘기해 주지 못했지만, 울티모의 이야기를 듣고 엄마는 무슨 일이 있었는지 어렴풋이 알게 되었다.

1974년, 벌목꾼들이 울티모와 부족민들이 살던 땅 한가운데까지 침범해 들어갔다. 벌목꾼들은 어떻게 그렇게 외진 곳까지 갔을까? 어디에서 왔고, 누구를 위해 일했을까? 거기에 대해선 전혀 알려지지 않았고, 앞으로도 비밀에 싸여 있을 터였다. 하지만 한 가지 사실은 확실했다. 울티모와 부족민들이 '칼라와'라고 불렀던 백인들을 본 건 그때가 처음이었다.

엄마가 덧붙였다.

"울티모는 그들 중 하나를 정확하게 기억하고 있더라. 아마 벌목기 기사였던 것 같은데 덩치가 크고 얼굴에 털이 수북이 났었대."

엄마는 봉투에서 누렇게 바랜 사진 한 장을 꺼냈다.

"할아버지 사진인데, 그 시절에 유일하게 찍은 거야. 날짜가 1978년이라고 되어 있지."

네다섯 살쯤 돼 보이는 엄마가 할아버지 품에 안겨서 무성한 턱수염을 가지고 장난치고 있었다. 엄마는 사진을 잠시 바라보고 나서 다시 말을 이었다.

"원주민들은 즉시 위험을 느꼈어. 그 백인들이 원주민들이 다니는 길에 있는 모든 걸 엉망으로 만들었거든. 원주민들은 더 깊은 숲 속, 백인들의 기계가 닿지 않는 곳으로 들어가기로 결정했어. 가재도구를 모두 등에 지고 떠나던 날, 울티모 혼자 마을에 남아 있었어. 백인들이 마을을 발견하면 어떤 일이 벌어지는지 알고 싶었다는구나. 바로 그 순간 모든 일이 결정되었단다, 탈리아. 울티모와 부족민들은 기계, 엔진, 전조등 같은 것들이 뭔지 전혀 몰랐어. 울티모가 공사장을 염탐하고 있는데 벌목기가 다가왔어. 그 기계가

자기를 알아본 줄 알고, 울티모는 기계의 '눈' 쪽으로 화살을 날렸지. 그러니까 전조등을 말이야. 정확히 무슨 일이 일어났는지 알긴 어렵지만, 화살이 전조등에 맞아서 비껴갔나 봐. 그 화살을 맞고 백인 한 명이 죽었거든. 그래서 백인들은 범인 추적에 나섰단다. 울티모는 부상을 입었지만 가까스로 추적자들을 따돌렸어. 하지만 백인들은 마을을 발견했지. 그들은 빈 마을에 불을 지르고, 부족민들을 추적하기 시작했어. 여자와 아이들도 있는 무리를……. 그들 중엔 울티모의 아내와 어린 딸도 있었어. 그 시절엔 아기였지. 짐까지 진 부족민들은 아주 천천히 가고 있었단다. 알아보기도 쉽고, 잡기도 쉬웠지."

엄마는 잠시 말을 멈추더니 목멘 소리로 말을 이었다.

"벌목꾼들은 앙갚음을 했어, 탈리아. 원주민들을 죽였지. 한 명도 남김없이, 동물들을 죽이듯 하나씩, 하나씩."

또다시 침묵이 이어졌다.

"울티모는 학살이 끝난 바로 후에 도착했어. 부족민들이 피 구덩이 속에 널브러져 있었지. 아내와 아이들, 동료들이……. 그때 아기가 울기 시작했어. 울티모의 딸이었지. 학살에서 살아난 유일한 생존자였어."

엄마의 목소리가 잦아들었고 다시 이어졌다.

"그런데 그때, 울티모는 봤어. 턱수염을 기른 남자가 아기를 안아들더니 어디론가 가는 걸. 울티모의 딸이었어."

엄마는 또다시 한동안 말을 잇지 못하다가 조용히 덧붙였다.

"할아버지는 당시 결혼한 지 여러 해가 지났지만 아이가 없었단다."

나는 엄마 손을 꼭 쥐었다. 이제 모든 퍼즐이 제자리를 찾아간 것 같았지만 어쩐지 현실감이 없었다. 엄마는 마무리를 확실히 짓겠다는 듯 단호하게 말했다.

"나는 울티모의 딸이야, 탈리아. 그리고 넌 그분의 손녀고. 울티모는 최후의 이타와파 원주민이 아니야."

46

>>> ... <<<

밤이 되었다. 카스타뉴 강의 칠성장어잡이 배들이 저 너머로 멀어져 갔고, 조그만 집어등 불빛이 어둠 속에서 반딧불이처럼 반짝였다.

엄마와 나는 갈색 강물 위로 두 발을 앞뒤로 흔들며 강가에 앉아 있었다. 레오포우지나로 돌아온 뒤로 우리는 이타와파의 숲 속에서 있었던 일을 이야기하고 또 이야기했다. 똑같은 일들을 자꾸, 자꾸 되새겼다. 할아버지의 침묵, 거짓말, 울티모가 느꼈을 상상도 할 수 없는 고독. 이제 더는 아무 말도 필요하지 않았다. 엄마와 나의 이야기 속에서 나란히, 함께 있고 싶었다.

나는 원주민 엄마의 딸임을 그 어느 때보다 강하게 느꼈다.

나는 또한 울티모의 손녀였다. 하지만 돌아가신 할아버지의 손녀이기도 했다.

갑자기 누가 내 팔을 간질였다. 페케누가 우리 쪽으로 온 것이었다. 여전히 입은 꾹 다물고 더러운 누더기를 걸치고 있었다.

엄마가 말했다.

"앤 누구니?"

엄마에게 '꼬마'라는 뜻의 페케누라는 별명만 알고, 진짜 이름을 모른다는 이야기를 털어놓았다. 나는 완전히 바보가 된 기분이 들었다.

엄마는 페케누의 커다랗고 침울한 두 눈을 똑바로 바라보았고, 페케누는 자신을 보는 엄마를 한참 살펴보았다. 엄마가 아이에게 싱긋 웃어보였다. 그러자 내가 그 애를 알게 된 후 처음으로 페케누가 환하게 웃었다.

틴스토리빌 03

이타와파, 세상의 끝

초판 1쇄 발행 | 2016년 5월 16일
초판 2쇄 발행 | 2016년 10월 6일

지은이 | 자비에 로랑 쁘띠
옮긴이 | 이희정
펴낸이 | 도승철
펴낸곳 | 밝은미래

등　록 | 2005년 5월 2일 (제105-14-87935호)
주　소 | 경기도 파주시 회동길 455-2 밝은미래사옥 4층
전　화 | 031-955-9550~3
팩　스 | 031-955-9555
밝은미래 홈페이지 | http://www.bmirae.com

편　집 | 송재우 고지숙 백혜영　디자인 | 문고은
마케팅 | 박선정　경영지원 | 강정희

ISBN 978-89-6546-231-6 43860